Aventures du baron de Münchhausen

ÉTONNANTS • CLASSIQUES

Aventures du baron de Münchhausen

Traduction par THÉOPHILE GAUTIER *fils*
Présentation, notes, et dossier
par FABIEN CLAVEL,
professeur de français

*Avec la participation d'*ADRIENNE BOUTANG,
professeur en études de cinématographie,
pour « Un livre, un film »

Flammarion

Héros et récit d'aventures dans la collection « Étonnants Classiques »

CERVANTÈS, *Don Quichotte*
COLIN (Fabrice), *Projet oXatan*
DEFOE, *Robinson Crusoé*
DUMAS, *Robin des Bois*
HOBB (Robin), *Retour au pays*
LEBLANC, *L'Aiguille creuse*
LÉRY (Jean de), *Le Nouveau Monde*
LONDON (Jack), *L'Appel de la forêt*
MARCO POLO, *Les Merveilles de l'Orient*
STEVENSON, *L'Île au trésor*
VERNE, *Un hivernage dans les glaces*
Le Tour du monde en 80 jours

ISBN : 978-2-0812-8971-0
ISSN : 1269-8822

SOMMAIRE

PRÉSENTATION

Du baron historique au baron littéraire : la naissance d'un mythe

Le baron historique (1720-1797)

La littérature est féconde de personnages mythiques. Certains sont inventés de toutes pièces par leur auteur, comme le Don Quichotte de Cervantès[1], d'autres s'inspirent d'histoires réelles, comme celle de Dom Juan. Le cas de Münchhausen est plus complexe car, si ses aventures sont celles d'une personne ayant existé, elles n'en sont pas moins imaginaires.

On sait qu'un certain Hieronymus-Karl-Friedrich, baron de Münchhausen, est né le 11 mai 1720 dans le château de Bodenwerder dans le Hanovre[2], en Allemagne[3]. Il appartient à une

1. *Don Quichotte* : personnage du roman *L'Ingénieux Hidalgo Don Quichotte de la Manche* (1605-1615) de l'Espagnol Miguel de Cervantès (1547-1616), voir dossier p. 160.
2. *Le Hanovre* : ancien État, dissous en 1814, dans le nord de l'Allemagne actuelle.
3. Les informations biographiques sur Münchhausen proviennent d'André Tissier, auteur d'une postface pour l'édition des *Aventures du baron de Münchhausen* (José Corti, 1998) et d'une étude sur *M. de Crac. Gentilhomme gascon* (Didier, 1959). Nous reprenons aussi des éléments donnés dans l'article consacré au baron dans l'*Allgemeine Deutsche Biographie* (ADB).

famille honorable d'hommes d'État et fut l'écuyer du prince Anton Ulrich de Brunswick (1714-1775). C'est en suivant ce prince qu'il part pour la Russie, où il est intégré dans la cavalerie, au sein du régiment russe. Il reçoit, de l'impératrice Anna, le grade de lieutenant en 1740.

À cette époque, les Russes viennent de perdre la cinquième guerre russo-turque[1] (1735-1740), la Russie ayant vainement tenté d'obtenir un accès à la mer Noire. Quand il n'est pas en garnison[2] à Riga (aujourd'hui capitale de la Lettonie), le baron de Münchhausen participe à des campagnes russes contre l'Empire ottoman[3] en 1740 et 1741. En 1744, il épouse Jacobine von Dunten (vers 1727-1790) : le couple vivra heureux, mais sans enfants.

Tandis que le prince de Brunswick connaît un revers de fortune – il est emprisonné en Russie en 1741 à la suite d'un coup d'État –, le baron de Münchhausen demeure en service ; il est même élevé au grade de capitaine des Cuirassiers[4] de la nouvelle impératrice Élisabeth en 1750. Mais, las des combats, il donne sa démission de l'armée et rentre chez lui avec son épouse.

Dans le château de ses ancêtres, à Bodenwerder, il se consacre à l'administration de son domaine et mène une vie tranquille, surtout occupée par la chasse. Il reçoit souvent à dîner des amis, notamment quelques savants de l'université de

---

1. *Guerre russo-turque* : série de onze conflits qui ont opposé l'Empire russe et l'Empire ottoman du XVIe au XXe siècle.

2. *Garnison* : troupe militaire stationnée dans une ville.

3. *Empire ottoman* : ensemble des territoires, de la Méditerranée à la mer Noire, de la péninsule Arabique au Maroc, sur lesquels le sultan ottoman a exercé son autorité, entre le XIVe siècle et 1922.

4. *Cuirassiers* : soldats d'une cavalerie militaire, lourdement armée et équipée.

Göttingen, dont son cousin est membre du conseil[1], et leur raconte des aventures invraisemblables. Il se forge rapidement une réputation de menteur et d'affabulateur, si bien que, dès 1781, paraissent dans le fascicule satirique *Vademecum für lustige Leute* (« manuel pour gens joyeux » en allemand) quelques récits attribués à un certain « M...n », ce qui désigne bien évidemment notre baron.

Le baron de Münchhausen meurt de la fièvre typhoïde à Bodenwerder, le 20 février 1797, sept ans après sa première épouse. Il se serait entre-temps remarié en 1794 avec Bernhardine von Brünn, bien plus jeune que lui, avant de divorcer d'elle avec pertes et fracas.

Un escroc entre en scène : les éditions anglaises, allemandes, puis françaises

L'histoire se serait peut-être arrêtée là sans l'intervention d'un des convives réguliers du baron : Rudolf-Erich Raspe (1736-1794)[2]. Originaire du Hanovre lui aussi, il aurait, sinon assisté aux repas de Münchhausen, du moins connu le baron. La vie de Raspe est en elle-même une aventure.

Après avoir étudié à Göttingen et à Leipzig, il devient employé de la bibliothèque universitaire de Hanovre en 1762, puis secrétaire à la bibliothèque universitaire de Göttingen en 1764. Il est ensuite nommé professeur et bibliothécaire à

---

1. *Gerlach Adolph von Münchhausen* (1688-1770) : homme d'État, il fut à l'origine de la création de l'université de Göttingen et, à ce titre, son premier membre du conseil. Il contribua à lui donner une orientation propre à l'esprit des Lumières, mouvement philosophique du XVIIIe siècle qui cherche à combattre l'ignorance et à étendre la diffusion du savoir.
2. Les détails biographiques de cet auteur nous viennent de l'article que lui consacre l'*Encyclopædia Britannica*.

Cassel[1] (où habiteront plus tard les frères Grimm[2]). Il publie abondamment sur une grande variété de sujets et devient membre honoraire de la Royal Society à Londres pour ses travaux de zoologie.

Mais, en 1775, tout bascule. Parti en Italie pour acheter des curiosités[3] pour le landgrave[4] de Hesse, Raspe est surpris à vendre les pierres précieuses de son client pour son propre compte. Il doit fuir en Angleterre pour éviter d'être arrêté. Connaissant bien l'anglais, il survit à Londres en publiant quelques essais et des traductions de l'allemand. Il s'établit en Cornouailles[5] en 1782, et c'est là qu'il aurait eu l'idée d'exploiter le nom de Münchhausen (toujours en vie à l'époque) pour publier de petites histoires fantaisistes dans le goût anglais.

C'est ainsi que paraît à Londres, en 1785, un livre intitulé *Récit par le baron de Münchhausen de ses merveilleux voyages et de ses campagnes en Russie*. Mais le livre ne se vend pas. Une deuxième édition paraît l'année suivante à Oxford, puis une troisième intitulée : *Gulliver ressuscité,* ou *Les Voyages, campagnes, et aventures extraordinaires du Baron de Munikhouson*. Cette troisième édition est enrichie d'illustrations et de quinze nouveaux chapitres qui ne sont pas de Raspe et dont on ignore l'auteur (ou les auteurs) à ce jour.

---

1. *Cassel* : commune du centre de l'Allemagne.
2. *Frères Jakob* (1785-1863) *et Wilhelm* (1786-1859) *Grimm* : écrivains allemands, célèbres pour leurs contes issus de la culture populaire.
3. *Curiosités* : collections placées dans des « cabinets de curiosités », qui réunissaient des œuvres d'art, des antiquités, des animaux et des plantes exotiques, ou encore des instruments scientifiques. Elles étaient très à la mode à l'époque dans la haute société.
4. *Landgrave* : prince germanique possédant des terres qui relèvent directement de l'empereur.
5. *Cornouailles* : région du sud-ouest de l'Angleterre.

Cette fois, le succès est au rendez-vous, même si Raspe est spolié [1] au passage : la première édition était anonyme, et il perd ensuite les droits sur son manuscrit. En 1793, les Anglais en sont déjà à la septième édition du texte.

Plus tard, la version allemande supplante durablement celle de Raspe. Le traducteur, Gottfried August Bürger (1747-1794), professeur de lettres à l'université de Göttingen, est un ami de Raspe. Il est également poète et ne se contente pas d'une simple traduction. Avec deux collaborateurs, eux aussi professeurs à l'université de Göttingen (le mathématicien A. G. Kästner et le physicien G. C. H. Lichtenberg), il travaille à partir de l'édition anglaise augmentée et ajoute même certains récits. Le texte a trouvé là, entre 1786 et 1788, sa forme définitive et désormais canonique [2], et devient d'ailleurs très populaire en Allemagne.

Le succès est plus tardif en France ; il faut attendre 1862 avec l'édition Furne, Jouvet & Cie, qui rassemble les gravures de Gustave Doré (1832-1883), et la nouvelle traduction de Théophile Gautier fils (1836-1904). Le texte a encore été modifié puisque Gautier fils redécoupe les divisions multiples des autres éditions en dix-sept chapitres. De même, il s'autorise deux coupes dans des passages jugés immoraux [3]. C'est le texte que nous avons sous les yeux.

Il aura donc fallu pas moins d'une demi-douzaine d'auteurs et de traducteurs et autant d'éditions pour en arriver là ; le baron de Münchhausen est devenu un mythe littéraire.

Un texte composite

Voilà un constat pour le moins surprenant : le baron de Münchhausen a réellement existé, mais les aventures qu'on lui

1. *Spolié* : dépossédé, dépouillé.
2. *Canonique* : principal, conforme à une norme.
3. Ces coupes sont signalées au cours du texte.

prête ne lui sont pas arrivées. Bien plus, elles auraient vu le jour avant lui. On retrouve en effet des traces de nombre de ses récits dans les temps anciens.

L'Antiquité est une source d'inspiration pour le baron. Ainsi, le voyage dans le poisson au chapitre 8 renvoie à celui du Jonas [1] biblique qui, contrevenant aux ordres de Dieu, se retrouve avalé par un grand poisson pendant trois jours et trois nuits avant d'être recraché [2]. Ironiquement, chez le baron, cette captivité ne dure que trois quarts d'heure. Le passage chez Vulcain au chapitre 17 rappelle d'assez près le récit des amours d'Arès et Aphrodite que l'on trouve dans l'*Odyssée* [3]. Aphrodite est mariée à Héphaïstos, dieu du Feu, mais préfère connaître l'amour dans les bras d'Arès. Héphaïstos surprend les deux amants en les enfermant dans un filet de métal indestructible et appelle tous les autres dieux pour se moquer des adultères. Chez Münchhausen, les noms sont ceux des dieux latins. Enfin, l'*Histoire véritable* de Lucien de Samosate (environ 120-180) sert de matrice à trois épisodes du récit. Dans ce texte, l'auteur annonce notamment qu'il va nous raconter un voyage qu'il n'a jamais effectué. Rapidement, une tempête l'emporte sur la lune [4]. On y trouve des Sélénites [5] qui font la guerre au soleil [6] armés de lances-asperges et de boucliers-champignons [7]. Quand ils meurent, ils se dissolvent en fumée [8]. On aura reconnu tous les éléments présents dans notre chapitre 16.

---

1. *Jonas* : prophète d'Israël qui tente de se dérober à la colère de Dieu.
2. *Bible*, livre de Jonas, chapitre 2.
3. *Odyssée*, chant VIII, v. 266 et *sq*.
4. Lucien de Samosate, *Histoire véritable*, I, 11.
5. *Sélénites* : habitants imaginaires de la lune.
6. *Op. cit.* I, 12.
7. *Op. cit.* I, 16.
8. *Op. cit.* I, 23.

Les auteurs des aventures de Münchhausen s'appuient également sur des textes de la Renaissance, tels que les *Facetiæ* (1508) de Heinrich Bebel (1472-1518), *Der Finkenritter*[1] attribué à Lorenz von Lauterbach (XVIe siècle) ou *La Nouvelle Fabrique des excellents traits de vérité* (1579) de Philippe d'Alcripe (1531-1581). Le conte « L'Ignorant »[2] de Giambattista Basile (1566 ou 1575-1632) constitue une source supplémentaire. Dans ce texte, le héros rencontre et recrute tour à tour Fulminant, capable de battre une biche à la course, Oreilles-de-lièvre, qui peut entendre tout ce qui se dit dans le monde en collant son oreille au sol, Droite-Mire, qui sait atteindre un pois chiche avec une arbalète, Douce-Brise, capable de renverser des arbres en soufflant, et Forte-Échine, qui peut porter une montagne sur ses épaules ; autant de personnages qui évoquent les extraordinaires compagnons du baron au chapitre 10.

De même, lors du premier voyage dans la lune, on peut voir dans le « pois de Turquie qui croît rapidement » (chapitre 5) une réminiscence du conte britannique *Jack et le Haricot magique*, qui remonte au moins au XVIIIe siècle. Dans cette histoire, Jack achète des haricots magiques qui poussent en une nuit jusqu'au ciel. Quand il grimpe au sommet de la tige, il découvre une géante et un ogre...

Il serait bien sûr vain de poursuivre ici la recherche de toutes les sources des aventures du baron, tant elles sont nombreuses.

1. Le titre pourrait être traduit par « Le chevalier pinson ».
2. *Le Conte des contes*, III, 8 (1634-1636). Ce conte est cité intégralement dans l'édition Corti des *Aventures du Baron de Münchhausen* (p. 193-201).

Le baron de Münchhausen, un héros extraordinaire

Le baron entraîne le lecteur dans un voyage qui semble être celui d'un héros ordinaire – celui des chansons de geste [1] du Moyen Âge ou des épopées antiques. En effet, de ce dernier il a les caractéristiques principales [2], à commencer par une naissance illustre : Münchhausen dit descendre du roi David et de Bethsabée, il a d'ailleurs conservé la fronde du premier (p. 115). Son père, lui-même grand voyageur, peut rester longuement sous l'eau sans respirer, et son arrière-arrière-grand-père (qui n'est parfois autre que son père, p. 117) aurait connu Shakespeare [3] deux siècles plus tôt. Le baron n'est pas en reste et fréquente lui aussi les grands de son monde : le Grand Seigneur chez qui il fait « la pluie et le beau temps » (p. 96) ou encore l'impératrice russe qui lui propose de l'épouser (p. 129).

Synthèse originale et féconde des mythes littéraires qui l'ont précédé, il s'inscrit dans une longue lignée de héros. En témoigne les noms de ses chevaux, qui rappellent le conquérant Alexandre le Grand (dont le cheval se nomme Bucéphale) ou le chevalier rêveur Don Quichotte (dont le cheval se nomme Rossinante). Son voyage sur la lune évoque celui de Cyrano de Bergerac dans son *Histoire comique des États et Empires de la Lune* (1657).

---

1. *Chansons de geste* : longs poèmes, du IIe au XIVe siècle, dans lesquels sont évoqués les hauts faits de personnages historiques ou légendaires.
2. Caractéristiques définies par Philippe Sellier dans *Le Mythe du héros*, 1970.
3. *William Shakespeare* (1564-1616) : dramaturge anglais, auteur d'une quarantaine de pièces de théâtre, parmi lesquelles *Roméo et Juliette* (1592-1595), *Macbeth* (v. 1605) et *Hamlet* (1601).

Münchhausen révèle sa stature héroïque au lecteur au cours de son premier voyage, puisqu'il parvient à tuer un lion et un crocodile géant (p. 75) : sa valeur est reconnue quand la dépouille de l'animal prend place parmi les collections du musée d'Amsterdam. Il est doté de capacités physiques exceptionnelles : il parvient à maîtriser un ours à mains nues (p. 150), soulever un canon géant (p. 103), prendre deux chevaux sous ses bras et les porter (p. 69), et chevaucher un boulet de canon (p. 63). Mais il préfère insister sur ses qualités morales : le courage et la présence d'esprit. Ces aptitudes sont néanmoins nuancées par le versant humain du héros, qui ne cache jamais sa peur dans des situations périlleuses.

Il affiche une joie rayonnante tout au long de ses récits. Les mots « joyeux » et « heureux » (ainsi que leurs dérivés) reviennent souvent pour le qualifier. D'ailleurs, le baron possède un « gros rire » communicatif, qu'il sème autour de lui ; nombre des témoins ou auditeurs de ses aventures manquent de « mourir de rire » (p. 67).

Outre ces caractéristiques emblématiques propres aux personnages héroïques, les aventures du baron suivent un schéma institué : le départ, l'initiation, la nouvelle puissance et le retour. Lors de chaque périple, une mort symbolique marque ainsi son apprentissage : il est pris dans la neige, dans un ouragan, il est avalé par un grand poisson, une baleine, il est jeté dans un puits. Cette étape lui permet, en théorie, d'accéder à une autre, voire à un nouveau rang. Sauf que le baron s'y oppose. Ainsi le voit-on presque invariablement repousser les offres de brevet d'officier, de mariage de l'impératrice, les ducats[1]. Le baron serait-il un héros dont l'initiation complète est encore à venir ?

1. *Ducats* : monnaie originaire de Venise.

Le récit d'aventures : un voyage toujours recommencé

L'appel de l'aventure est sans fin : c'est celui de la guerre en Russie (p. 35), la volonté de rendre visite à un ami (p. 109), le désir de voir des géants (p. 134), une mission donnée par le sultan (p. 65), la rencontre d'un ballon (p. 86), une expédition au pôle Nord (p. 125). Jamais le baron ne refuse l'aventure qu'on lui propose. Il découvre des contrées exotiques (jungle, lune, volcan, fleuve en crue...) dans lesquelles il se perd... mais retrouve toujours son chemin.

C'est l'époque des grandes explorations et des expéditions scientifiques. En 1766, le comte de Bougainville initie un long voyage à la découverte du Pacifique. Deux ans plus tard, le navigateur britannique James Cook entreprend un périple similaire à bord du navire *Endeavour*; des peintres d'histoire naturelle font partie de l'expédition. À leur retour, les explorateurs rapportent non seulement des images, mais également des récits. Les journaux de l'expédition de Bougainville (1766-1769) rendent ainsi compte de la curiosité scientifique et de l'attrait de l'inconnu qui prévalent dans les mentalités de l'époque.

Néanmoins, dans les aventures du baron, tout se passe comme si le récit et la parole de ce dernier étaient le moteur de ses pérégrinations, et non l'inverse. Son histoire ne s'achève jamais. Lorsqu'il la raconte à ses auditeurs et partage avec eux la connaissance acquise au cours de ses voyages, il propose encore de nouveaux développements. Il déclare ainsi, à la fin de la narration : « Venez me trouver alors, et vous verrez que j'aurai de quoi vous amuser. » (p. 150).

Münchhausen s'affirme ainsi comme un passeur d'histoires. Il répète la geste des saints (Hubert et Martin) ou celle des dieux (Mars avec Vénus, épouse de Vulcain). De même, quand il effectue son second voyage sur la lune (p. 134), c'est d'abord pour rencontrer des géants semblables à ceux décrits par Swift dans *Les Voyages de Gulliver.* Il les trouvera d'ailleurs, non dans les mers du Sud où il les cherchait, mais sur l'astre lunaire dont les habitants mesurent dix mètres de haut et où le hasard d'un ouragan l'a conduit. Le baron ne cesse de se comparer à d'autres héros littéraires ou mythologiques, comme Hercule (chapitre 6) ou Énée (chapitre 13). Il répète ou poursuit leurs aventures, comme pour parachever leur histoire.

Une fiction problématique

La frontière entre la réalité et la fiction, entre histoire réelle et inventée, est brouillée. Quelle est la part de vérité dans le texte ? Quels éléments relèvent de la pure fiction ? Certains épisodes et personnages ayant bel et bien existé, le doute s'installe, et la notion de fiction est interrogée.

À cela s'ajoute une situation d'énonciation[1] problématique. Le texte commence par une première personne dont l'identité demeure pourtant incertaine jusqu'au chapitre 4, où le narrateur

1. *Situation d'énonciation* : les circonstances dans lesquelles une parole est prononcée. Elle répond aux questions : qui parle ? à qui ? où et quand ?

se nomme enfin. Jusque-là, seuls les titres du livre et des chapitres 3 et 4 nous ont mis sur la piste. Mais, plus tard (chapitre 12), un « partisan » du baron prend la parole en son absence. Il laisse d'ailleurs à son tour la parole à un troisième narrateur dans un récit enchâssé : le baron de Tott. Puis, lorsque le baron revient, il laisse aussi pour un moment la parole à son père (chapitre 13). Entre ces différents « je », il y a de quoi se perdre.

On ne sait pas non plus véritablement à qui le baron raconte ses histoires. Ses auditeurs sont appelés à plusieurs reprises « Messieurs », sans qu'on en sache davantage. Le cadre spatio-temporel est tout aussi flou, puisqu'on ne sait pas où l'on se trouve : on suppose que le récit est raconté dans la maison du baron, mais aucune preuve n'est donnée dans le texte. Quant à la date, elle demeure inconnue. Tout au plus peut-on déduire que le récit a lieu après l'année 1776 (chapitre 7) citée dans le texte. Et encore ; puisque le narrateur fait référence à l'*Histoire du siège de Gibraltar* de John Drinkwater Bethune paru en 1785, son récit se situe nécessairement après cette date. Enfin, si l'on se fonde sur le baron historique et sur la date de sa mort, le récit pourrait avoir lieu entre 1785 et 1797.

Par ailleurs, le baron est loin d'être un narrateur fiable. Il présente ses histoires comme des souvenirs (« Je me souviens encore parfaitement », p. 38 ; « les plus beaux souvenirs de ma vie », p. 41 ; « je me souviens qu'un jour », p. 42, etc.). Cependant, sa mémoire n'est pas toujours très assurée, puisqu'il oublie aussi beaucoup (« une ville dont j'ai oublié le nom », p. 63 ; « j'ai oublié de vous dire », p. 69, etc.). De même, s'il affirme l'urgence du récit ainsi que sa volonté de raconter, il insiste également sur ce qu'il ne raconte pas : « Je pourrais vous raconter ici différentes aventures qui m'arrivèrent en Angleterre, mais je les réserve pour une autre fois », dit-il en narguant ses auditeurs (p. 79). Il évoque également « une mission de la plus haute importance et qui devait être accomplie de manière à rester éternellement secrète » (p. 90) ; nous n'en saurons pas davantage. Ce procédé permet par ailleurs de tenir en haleine les auditeurs de Münchhausen, ainsi que le lecteur, impatient de connaître la suite de l'histoire.

Le partisan du baron doit compléter certains trous du récit : « Le baron n'aime pas à parler de cette histoire [...]. Cependant, comme elle n'est nullement de nature à blesser son honneur, j'ai coutume de la raconter quand il a le dos tourné » (p. 105). Le texte est donc troué, fragmentaire et discontinu, soumis à la bonne volonté du baron : le narrateur est ici le maître quasi absolu du discours, et l'histoire s'achève lorsque le baron décide de se taire et de nous souhaiter « bonne nuit ».

Malgré toutes ces ambiguïtés, le baron se présente paradoxalement comme un champion de la vérité et de l'authenticité. Il fustige un homme qui, dans un récit, « ajoute plusieurs détails de son invention, qui offensent gravement la vérité et la vraisemblance » (p. 77). Il affirme son incrédulité face à la « sorcellerie » ou à l'Eldorado (p. 134). Il va jusqu'à justifier l'exécution des menteurs et propose à ses interlocuteurs d'aller vérifier par eux-mêmes la véracité de ses propos. Le texte semble osciller constamment entre deux pôles : d'un côté l'imaginaire et le merveilleux, de l'autre une volonté affichée de vérité et de vraisemblance.

Un plaidoyer pour l'imaginaire

Un des aspects les plus surprenants des aventures du baron est en effet l'étrange ancrage des récits dans la réalité. Pour cela, le narrateur a recours à de nombreux effets de réel.

Le cadre spatio-temporel[1] est ainsi aisément reconnaissable et identifiable par le lecteur. Le baron cite de nombreux lieux de sociabilité, familiers de ses contemporains, tels la station de poste, le cabaret, l'auberge. Les pays et villes réelles y sont évoqués à plusieurs reprises : de la Russie à la Turquie, de Marseille à Venise, en passant par les Indes orientales, ou encore « Otahiti »[2]. Par ailleurs, le narrateur mentionne des célébrations telles que le « jour anniversaire de la naissance du roi Georges III » (p. 122), la fête de « saint Hubert » (p. 46) ou encore le « dîner annuel qui se célèbre lors de la nomination du lord-maire » (p. 129), qui contribuent à la vraisemblance du récit.

Plusieurs personnages sont présentés de façon réaliste. Leur niveau social nous est connu à travers une série de titres de noblesse[3], ou de grades[4], voire de métiers[5]. Leurs motivations sont plausibles : outre satisfaire les besoins primaires tels que la soif, la faim, les personnages cherchent à accomplir une mission,

1. *Cadre spatio-temporel* : le lieu et le temps de la narration. Les éléments qui permettent de répondre à la question : où et quand ?
2. *Otahiti* : ancien nom de Tahiti, île de la Polynésie française.
3. Chevalier, duc, comte, baron, sultan, etc.
4. Feld-maréchal, bey, lieutenant, capitaine, amiral, général, lord, Majesté, empereur, etc.
5. Chirurgien, fermier, paysan, matelot, soldat, postillon, domestique, etc.

remporter des succès militaires, « ravitailler [une] forteresse » (p. 109) ou plus simplement à se « sauver » (p. 170). En outre, des personnages réels et contemporains sont convoqués dans le récit : l'officier de marine John Hamilton (1714-1755 ; p. 131), l'explorateur Constantine John Phipps (1744-1792 ; p. 125), l'officier George Brydges Rodney (1718-1792 ; p. 109) ou, à travers une lettre, Marie-Thérèse d'Autriche (1717-1780 ; p. 98) et même le pape Clément XIV (1705-1774 ; p. 106).

Les allusions au mode de vie du XVIIIe siècle sont récurrentes, à travers des objets comme le « télescope à miroir, acheté chez Dollon », la « boussole », le « canon de quarante-huit » ou le « coutelas » du baron. À travers les nombreuses précisions concernant les unités de mesure (toises, lieues, livres, pieds, heures, etc.), ou le prix (ducats, guinées), le narrateur semble vouloir donner autant de gages de sa « bonne foi ». Pourtant, ces références échouent à accréditer les récits du baron, l'entreprise paraît de toute manière impossible. Cet ancrage dans le réel a semble-t-il un effet tout autre.

Tout d'abord, il permet de créer pour le lecteur un environnement familier qui servira de cadre à la satire déployée par l'auteur. Celle-ci, définie comme un écrit « qui s'attaque à quelque chose en s'en moquant[1] », porte particulièrement sur la religion et ses fidèles. C'est ainsi qu'on peut lire la remarque sur l'« infâme juif » dont la résonnance antisémite, extrêmement choquante pour le lecteur moderne, tend à réduire une religion aux possibilités d'enrichissement qu'elle procure. Mais les autres religions ne sont guère épargnées au fil du texte. Ainsi, le sultan, fidèle de « Mahomet », se voit interdire la consommation d'alcool et pourtant discute, en privé, des mérites du vin hongrois avec le baron, sans oublier d'en consommer. L'hypocrisie de

1. *Le Grand Robert de la langue française*, 2001, t. VI, p. 193.

sa foi est ici mise au jour. Le baron lui-même parodie des saints chrétiens : il donne son manteau au chapitre 1 comme saint Martin [1] (p. 36) ; fait pousser un cerisier entre les bois d'un cerf comme saint Hubert (p. 47). On moque les achats d'indulgences [2] à Rome. Le pape lui-même cède devant les charmes d'une prostituée et le baron se déguise en prêtre catholique (p. 112). Blasphème suprême, Dieu prenant la parole s'exclame : « Le diable m'emporte. » On retrouve ainsi dans ce texte les critiques des Lumières [3], dont se réclame l'université de Göttingen d'où viennent Raspe et Bürger, à l'encontre des religions. À l'époque, la critique religieuse est aussi celle du pouvoir, et l'œuvre se place dans une tradition déjà présente chez Swift, Rabelais et Cervantès.

Enfin, les effets de réel mettent encore davantage en lumière les pouvoirs de l'imaginaire. À l'aune de la réalité, les histoires du baron n'en paraissent que plus invraisemblables et captivantes. Le baron est sans cesse à la recherche du « phénomène singulier » (p. 61) qui permettra de dépasser la réalité. Il explore géographiquement le monde entier en allant jusqu'à la lune et au centre de la terre ; il propose une rêverie élémentaire où se mêlent le feu de l'Etna, l'eau des océans, la terre qu'il creuse pour sortir d'un trou, l'air des tempêtes. La nature verse dans le merveilleux : les lièvres ont quatre paires de pattes (p. 55), les concombres et les Sélénites poussent sur les arbres (p. 73 et 136), un obus est remplacé par un homme (p. 122). Les lois

1. *Martin de Tours* (316-397) : saint chrétien célèbre pour avoir partagé son manteau avec un nécessiteux un soir d'hiver. Il est le saint patron des soldats.

2. *Indulgences* : dans l'Église catholique, les indulgences sont la rémission totale (indulgence plénière) ou partielle des péchés, abusivement obtenues contre de l'argent à certaines périodes de l'Histoire.

3. *Lumières* : voir note 1, p. 9.

physiques ne sont plus respectées : on peut créer des étincelles en se cognant l'œil (p. 42) ou danser en l'air (p. 135). Dans une sorte d'ivresse (le motif de l'alcool est omniprésent dans le texte) poétique et narrative, le baron emmène ses auditeurs dans un voyage vers l'ailleurs, vers l'imaginaire pur.

Mais la folie n'est pas loin. Le baron lui-même est pris pour un fou à deux reprises. Et son nom est maintenant celui d'une pathologie, le syndrome de Münchhausen, caractérisée par le besoin de simuler une maladie dans le but d'attirer l'attention. Pourtant, un psychothérapeute comme Paul Watzlawick[1] veut trouver dans ces aventures une problématique plus positive : serions-nous, comme le baron, capables de nous sauver de la noyade en nous soulevant par nos propres cheveux, c'est-à-dire en voyant la vie avec des yeux nouveaux ?

1. *Paul Watzlawick* (1921-2007) : psychologue, psychothérapeute et psychanalyste, né en Autriche et naturalisé américain. L'une de ses œuvres les plus connues est *Les Cheveux du baron de Münchhausen. Psychothérapie et réalité*, Points-Essais, 1991.

« Münchhausiades[1] »

Plusieurs auteurs ont profité de la gloire littéraire du baron pour proposer des variations sur ses récits. Ainsi, **Karl Leberecht Immermann** (1796-1840), romancier et dramaturge allemand, rédige en 1838-1839 un roman intitulé *Les Aventures du baron de Münchhausen. Une histoire en arabesques*. Dans celui-ci, le baron est confronté à ses propres mensonges et le récit prend un tour comique. Côté français, l'humoriste et illustrateur **Pierre Henri Cami** (1884-1958) publie trois livres inspirés du personnage : *Les Exploits galants du baron de Crac* (1925), *Les Aventures sans pareilles du baron de Crac* (1926) et *Le Neveu du baron de Crac* (1927). Du récit grivois[2] à la pièce de théâtre, l'auteur explore les multiples facettes de la réécriture et illustre lui-même ses textes.

L'illustration est d'ailleurs une constante depuis les premières éditions du texte jusqu'à nos jours. On retrouve ainsi le baron dans la série de bande dessinée d'**Olivier Supiot** (né en 1971) : *Les Aventures oubliées du baron de Münchhausen* (Éditions Vents d'Ouest, 2006). Le personnage n'y campe plus un fringant officier mais un vieillard blanchi par l'âge, dont la maigreur rappelle celle de Don Quichotte. Ses « aventures oubliées » mettent en scène une femme vêtue de noir, sombre évocation de la mort qui le poursuit. Hanté par de nombreux fantômes, il cherche à « gagner une vie ».

---

1. À la manière des robinsonnades qui désignent des œuvres s'inspirant de Robinson Crusoé, les « Münchhausiades » sont des aventures s'inspirant directement de celles du baron.
2. *Grivois* : libre et hardi sans être obscène, licencieux.

CHRONOLOGIE

1716 1865

Repères historiques et culturels

Vie du baron de Münchhausen, personne et personnage

Repères historiques et culturels

1719 Daniel Defoe, *Robinson Crusoé*.

1721 Jonathan Swift, *Les Voyages de Gulliver.*
Montesquieu, *Lettres persanes*.

1723 Début du règne de Louis XV.

1735 Début de la cinquième guerre russo-turque.
Jonathan Swift, *Les Voyages de Gulliver* (version non censurée).

1736 Voltaire, *Le Fanatisme ou Mahomet le prophète*.

1737 Inauguration de l'université de Göttingen.

1739 Traité de Nyssa qui met fin à la cinquième guerre russo-turque.

1740 Début du règne de Frédéric II, roi de Prusse. Avènement de Marie-Thérèse d'Autriche.

1741 Élisabeth Ire de Russie prend le pouvoir par un coup d'État.

1749 Georges-Louis Leclerc, comte de Buffon, *Histoire naturelle, générale et particulière*.

1751 Publication du premier volume de l'*Encyclopédie*, ouvrage emblématique des Lumières, par Diderot et d'Alembert, avec la contribution de 150 autres savants. Elle est rapidement interdite.

1757 Début de la guerre de Sept Ans.

1759 Voltaire, *Candide*.

1762 Avènement de Catherine II de Russie.

Vie du baron de Münchhausen[1]

1720 **11 mai** : Naissance de Hieronymus-Karl-Friedrich, baron de Münchhausen, à Bodenwerder dans le Hanovre (Allemagne).

1737 Naissance de Rudolf-Erich Raspe (Hanovre), auteur de la version anglaise des aventures du baron.

1740 Münchhausen reçoit le grade de lieutenant de la part de l'impératrice russe Anna.

1741 Münchhausen participe à une campagne militaire de la Russie contre l'Empire ottoman.

1744 Münchhausen épouse Jacobine von Dunten à Perniel, en Livonie.

1747 Naissance de Gottfried August Bürger, traducteur allemand des aventures du baron.

1750 Münchhausen est élevé au grade de capitaine des Cuirassiers de l'impératrice russe Élisabeth.

---

1. Étant donné la nature du texte, sont réunis dans cette section de la chronologie les événements concernant à la fois la personne historique du baron et ses avatars littéraires.

Repères historiques et culturels

1768 Première expédition de James Cook, achevée en 1771.

1769 Giovanni Vincenzo Antonio Ganganelli devient le pape Clément XIV.

1771 Bougainville, *Voyage autour du monde.*

1773 Constantine John Phipps initie un voyage vers le pôle Nord et rencontre des ours blancs.
Patrick Brydone, *Voyage en Sicile et à Malte.*

1774 Mort de Louis XV, avènement du règne de Louis XVI.

1775 Début de la guerre d'indépendance américaine.

1778 Denis Diderot, *Jacques le fataliste* (publication en feuilleton).

1779 Début du Grand Siège de Gibraltar, qui oppose Espagnols et Britanniques.

1783 Fin du Grand Siège de Gibraltar, qui reste sous pavillon britannique.

1784 François de Tott, *Mémoires sur les Turcs et les Tartares.*

1785 Jean-Pierre François Blanchard et John Jeffries traversent la Manche entre Douvres et Guînes à bord d'un ballon gonflé à l'hydrogène.

1789 Réunion des états généraux. Prise de la Bastille.

1790 James Bruce, *Voyage à la recherche des sources du Nil, pendant les années 1768-1773.*
Jean-Pierre François Blanchard, *Analyse de la nouvelle machine aérostatique.*

Vie du baron de Münchhausen

1775 Rudolf-Erich Raspe se réfugie en Grande-Bretagne pour échapper aux poursuites.

1781 Le *Vademecum für lustige Leute* publie des histoires attribuées à un certain baron de « M…n ».

1785 *Récit fait par le Baron de Münchhausen de ses merveilleux voyages et campagnes en Russie* paraît à Londres, écrit par Raspe sous couvert d'anonymat.

1786 Troisième édition du texte de Raspe, enrichie de nouveaux chapitres et d'illustrations, sous le titre *Gulliver ressuscité, ou Les Voyages, campagnes, et aventures extraordinaires du Baron de Munikhouson*.
Première édition allemande du texte.

1787 Première traduction en français. L'édition passe inaperçue.

1788 Deuxième édition allemande, augmentée de nouveaux récits.

1790 Mort de Jacobine von Dunten.
Collin d'Harleville, *M. de Crac en son petit castel* (pièce de théâtre).

Repères historiques et culturels

1793 Louis XVI est guillotiné.

1796 Diderot, *Supplément au Voyage de Bougainville*.

1865 Jules Verne, *De la Terre à la Lune*.

Vie du baron de Münchhausen

1794 Second mariage de Münchhausen avec Bernhardine von Brünn.
Décès de Rudolf-Erich Raspe.
Décès de Gottfried August Bürger.

1797 Décès du baron de Münchhausen à Bodenwerder.

1839 Karl Leberecht Immermann, *Les Aventures du baron de Münchhausen. Une histoire en arabesques* (roman).

1840 Deuxième traduction française, reprenant la version allemande de 1788.

1862 Nouvelle traduction française par Théophile Gautier fils dans l'édition Furne, avec gravures de Gustave Doré.
Il s'agit du texte de notre édition.

Cette illustration, comme toutes les autres, est de Gustave Doré et provient des *Aventures du baron de Münchhausen*, dans l'édition Furne, Jouvet & Cie (1862) ; collection particulière.

Aventures du baron de Münchhausen

■ Géographie des aventures du baron de Münchhausen.

1. Voyage en Russie et à Saint-Pétersbourg

J'entrepris mon voyage en Russie au milieu de l'hiver, ayant fait ce raisonnement judicieux que, par le froid et la neige, les routes du nord de l'Allemagne, de la Pologne, de la Courlande[1] et de la Livonie[2], qui, selon les descriptions des voyageurs, sont plus impraticables encore que le chemin du temple de la vertu, s'améliorent sans qu'il en coûte rien à la sollicitude[3] des gouvernements. Je voyageais à cheval, ce qui est assurément le plus agréable mode de transport, pourvu toutefois que le cavalier et la bête soient bons : de cette façon, on n'est pas exposé à avoir d'affaires d'honneur[4] avec quelque honnête maître de poste allemand, ni forcé de séjourner devant chaque cabaret, à la merci d'un postillon altéré[5]. J'étais légèrement vêtu, ce dont je me trouvai assez mal, à mesure que j'avançais vers le nord-est.

Représentez-vous maintenant, par ce temps âpre, sous ce rude climat, un pauvre vieillard gisant sur le bord désolé d'une route de Pologne, exposé à un vent glacial, ayant à peine de quoi couvrir sa nudité.

---

1. ***Courlande*** : région occidentale de la Lettonie, pays balte.
2. ***Livonie*** : région de la côte de la mer Baltique, au nord de la Lituanie, autre pays balte.
3. ***Sollicitude*** : attention.
4. ***À avoir d'affaires d'honneur*** : à se quereller.
5. ***Postillon altéré*** : cocher saoul.

L'aspect de ce pauvre homme me navra l'âme : et, quoiqu'il fît un froid à me geler le cœur dans la poitrine, je lui jetai mon manteau. Au même instant, une voix retentit dans le ciel, et, me louant de ma miséricorde [1], me cria : « Le diable m'emporte, mon fils, si cette bonne action reste sans récompense. »

Je continuai mon voyage, jusqu'à ce que la nuit et les ténèbres me surprissent. Aucun signe, aucun bruit, qui m'indiquât la présence d'un village : le pays tout entier était enseveli sous la neige, et je ne savais pas la route.

Harassé, n'en pouvant plus, je me décidai à descendre de cheval ; j'attachai ma bête à une sorte de pointe d'arbre qui surgissait de la neige. Je plaçai, par prudence, un de mes pistolets sous mon bras, et je m'étendis sur la neige. Je fis un si bon somme, que lorsque je rouvris les yeux il faisait grand jour. Quel fut mon étonnement lorsque je m'aperçus que je me trouvais au milieu d'un village, dans le cimetière. Au premier moment, je ne vis point mon cheval, quand, après quelques instants, j'entendis hennir au-dessus de moi. Je levai la tête, et je pus me convaincre que ma bête était suspendue au coq du clocher [2]. Je me rendis immédiatement compte de ce singulier [3] événement : j'avais trouvé le village entièrement recouvert par la neige ; pendant la nuit, le temps s'était subitement adouci et, tandis que je dormais, la neige, en fondant, m'avait descendu tout doucement jusque sur le sol ; ce que, dans l'obscurité, j'avais pris pour une pointe d'arbre, n'était autre chose que le coq du clocher. Sans m'embarrasser davantage, je pris un de mes pistolets, je visai la bride, je rentrai heureusement par ce moyen en possession de mon cheval, et poursuivis mon voyage. Tout alla bien jusqu'à mon arrivée en Russie, où l'on n'a pas l'habitude d'aller à cheval en hiver.

---

1. ***Miséricorde*** : pitié, compassion.
2. ***Le coq du clocher*** : la girouette située au sommet du clocher, elle indique la direction du vent.
3. ***Singulier*** : surprenant.

« Je levai la tête, et je pus me convaincre que ma bête était suspendue au coq du clocher. »

Comme mon principe est de me conformer toujours aux usages des pays où je me trouve, je pris un petit traîneau à un seul cheval, et me dirigeai gaiement vers Saint-Pétersbourg[1].

Je ne sais plus au juste si c'était en Estonie[2] ou en Ingrie[3], mais je me souviens encore parfaitement que c'était au milieu d'une effroyable forêt, que je me vis poursuivi par un énorme loup, rendu plus rapide encore par l'aiguillon[4] de la faim. Il m'eut bientôt rejoint ; il n'était plus possible de lui échapper : je m'étendis machinalement au fond du traîneau, et laissai mon cheval se tirer d'affaire et agir au mieux de mes intérêts. Il arriva ce que je présumais, mais que je n'osais espérer. Le loup, sans s'inquiéter de mon faible individu, sauta par-dessus moi, tomba furieux sur le cheval, déchira et dévora d'un seul coup tout l'arrière-train de la pauvre bête, qui, poussée par la terreur et la douleur, n'en courut que plus vite encore. J'étais sauvé ! Je relevai furtivement la tête, et je vis que le loup s'était fait jour[5] à travers le cheval à mesure qu'il le mangeait : l'occasion était trop belle pour la laisser échapper ; je ne fis ni une ni deux, je saisis mon fouet, et je me mis à cingler le loup de toutes mes forces : ce dessert inattendu ne lui causa pas une médiocre frayeur ; il s'élança en avant de toute sa vitesse, le cadavre de mon cheval tomba à terre et – voyez la chose étrange ! – mon loup se trouva engagé à sa place dans le harnais. De mon côté, je n'en fouettai que de plus belle, de sorte que, courant de ce train-là, nous ne tardâmes pas à atteindre sains et saufs Saint-Pétersbourg, contre notre attente respective[6], et au grand étonnement des passants.

---

1. ***Saint-Pétersbourg*** : deuxième plus grande ville de Russie, à l'époque capitale de l'empire russe.
2. ***Estonie*** : pays balte situé sur la mer Baltique.
3. ***Ingrie*** : région russe, proche de la Finlande.
4. ***L'aiguillon*** : le tourment.
5. ***Le loup s'était fait jour*** : le loup s'était frayé un chemin.
6. ***Contre notre attente respective*** : contrairement à ce que nous pensions tous deux.

Je ne veux pas, Messieurs, vous ennuyer de bavardages sur les coutumes, les arts, les sciences et autres particularités de la brillante capitale de la Russie : encore moins vous entretiendrai-je des intrigues et des joyeuses aventures qu'on rencontre dans la société élégante, où les dames offrent aux étrangers une si large hospitalité. Je préfère arrêter votre attention sur des objets plus grands et plus nobles, sur les chevaux et les chiens, par exemple, que j'ai toujours eus en grande estime ; puis sur les renards, les loups et les ours, dont la Russie, si riche déjà en toute espèce de gibier, abonde plus qu'aucun autre pays de la terre ; vous parler enfin de ces exercices chevaleresques, de ces actions d'éclat qui habillent[1] mieux un gentilhomme qu'un méchant bout de latin et de grec, ou que ces sachets d'odeur[2], ces grimaces et ces cabrioles des beaux esprits français[3].

Comme il se passa quelque temps avant que je pusse entrer au service, j'eus, pendant un couple de mois[4], le loisir et la liberté complète de dépenser mon temps et mon argent de la plus noble façon. Je passai mainte nuit à jouer, mainte nuit à choquer les verres[5]. La rigueur du climat et les mœurs[6] de la nation ont assigné à la bouteille une importance sociale des plus hautes, qu'elle n'a pas dans notre sobre Allemagne, et j'ai trouvé en Russie des gens qui peuvent passer pour des virtuoses accomplis dans ce genre d'exercice ; mais tous n'étaient que de pauvres hères[7] à côté d'un vieux général à la moustache grise, à la peau cuivrée[8], qui dînait avec nous à la table d'hôte. Ce brave homme

---

1. ***Qui habillent*** : qui distinguent.

2. ***Sachets d'odeur*** : petits sacs contenant des fleurs odorantes, servant de parfum.

3. ***Beaux esprits*** : personnes maîtrisant l'art de la conversation, des beaux discours, du mot d'esprit.

4. ***Un couple de mois*** : deux mois.

5. ***À choquer les verres*** : à trinquer.

6. ***Mœurs*** : coutumes, traditions.

7. ***Pauvres hères*** : petits joueurs.

8. ***Cuivrée*** : rouge.

avait perdu, dans un combat contre les Turcs, la partie supérieure du crâne ; de sorte que chaque fois qu'un étranger se présentait, il s'excusait le plus courtoisement du monde de garder son chapeau à table. Il avait coutume d'absorber, en mangeant, quelques bouteilles d'eau-de-vie et, pour terminer, de vider un flacon d'arak[1], doublant parfois la dose, suivant les circonstances ; malgré cela, il était impossible de saisir en lui le moindre signe d'ivresse. La chose vous dépasse, sans doute ; elle me fit également le même effet : je fus longtemps avant de pouvoir me l'expliquer, jusqu'au jour où je trouvai, par hasard, la clef de l'énigme. Le général avait l'habitude de soulever de temps en temps son chapeau ; j'avais souvent remarqué ce mouvement, sans m'en inquiéter autrement. Rien d'étonnant à ce qu'il eût chaud au front, et encore moins à ce que sa tête eût besoin d'air. Je finis cependant par voir qu'en même temps que son chapeau, il soulevait une plaque d'argent qui y était fixée et lui servait de crâne, et qu'alors les fumées des liqueurs spiritueuses qu'il avait absorbées s'échappaient en légers nuages. L'énigme était résolue. Je racontai ma découverte à deux de mes amis, et m'offris à leur en démontrer l'exactitude. J'allai me placer, avec ma pipe, derrière le général, et, au moment où il soulevait son chapeau, je mis avec un morceau de papier le feu à la fumée : nous pûmes jouir alors d'un spectacle aussi neuf qu'admirable. J'avais transformé en colonne de feu la colonne de fumée qui s'élevait au-dessus du général ; et les vapeurs qui se trouvaient retenues par la chevelure du vieillard formaient un nimbe[2] bleuâtre, comme il n'en brilla jamais autour de la tête du plus grand saint. Mon expérience ne put rester cachée au général ; mais il s'en fâcha si peu qu'il nous permit plusieurs fois de répéter un exercice qui lui donnait un air si vénérable[3].

---

1. ***Arak*** : boisson alcoolisée originaire du Proche-Orient.
2. ***Un nimbe*** : une auréole.
3. ***Vénérable*** : respectable, imposant.

2. Histoires de chasse

Je passe sous silence maintes joyeuses scènes dont nous fûmes acteurs ou témoins dans des circonstances analogues [1], parce que je veux vous raconter différentes histoires cynégétiques [2] beaucoup plus merveilleuses et plus intéressantes que tout cela.

Je n'ai pas besoin de vous dire, messieurs, que ma société de prédilection [3] se composait de ces braves compagnons qui savent apprécier le noble plaisir de la chasse. Les circonstances qui entourèrent toutes mes aventures, le bonheur [4] qui guida tous mes coups [5], resteront parmi les plus beaux souvenirs de ma vie.

Un matin je vis, de la fenêtre de ma chambre à coucher, un grand étang, qui se trouvait dans le voisinage, tout couvert de canards sauvages. Décrochant immédiatement mon fusil, je descendis à la hâte l'escalier avec tant de précipitation que je heurtai du visage contre la porte : je vis trente-six chandelles, mais cela ne me fit pas perdre une seconde. J'allais tirer, lorsque au moment où j'ajustais je m'aperçus, à mon grand désespoir, que le violent coup que je m'étais donné à la figure avait en même temps fait tomber la pierre [6] de mon fusil. Que faire ? Je n'avais

---

1. ***Analogues*** : comparables.
2. ***Cynégétiques*** : de chasse.
3. ***Ma société de prédilection*** : mon cercle d'amis.
4. ***Bonheur*** : ici, la chance.
5. ***Mes coups*** : mes actions.
6. La pierre du fusil est un caillou qu'on frappe pour enflammer la poudre du fusil. À l'époque, les cartouches n'étaient pas toutes prêtes. Il fallait soi-même mélanger la poudre, la bourre et les balles ou les plombs à chaque tir.

pas de temps à perdre. Heureusement, je me rappelai ce que j'avais vu quelques instants auparavant. J'ouvris le bassinet[1], je dirigeai mon arme dans la direction du gibier et je m'envoyai le poing dans l'un de mes yeux. Ce coup vigoureux en fit sortir un nombre d'étincelles suffisant pour allumer la poudre ; le fusil partit, et je tuai cinq couples de canards, quatre sarcelles[2] et deux poules d'eau. Cela prouve que la présence d'esprit est l'âme des grandes actions. Si elle rend d'inappréciables services au soldat et au marin, le chasseur lui doit aussi plus d'un heureux coup.

Ainsi, par exemple, je me souviens qu'un jour je vis sur un lac, au bord duquel m'avait amené une de mes excursions, quelques douzaines de canards sauvages, trop disséminés[3] pour qu'il me fût permis d'espérer en atteindre d'un seul coup un nombre suffisant. Pour comble de malheur, ma dernière charge[4] était dans mon fusil, et j'aurais précisément voulu les rapporter tous, ayant à traiter chez moi nombre d'amis et de connaissances.

Je me souvins alors que j'avais encore dans ma carnassière[5] un morceau de lard, reste des provisions dont je m'étais muni en partant. J'attachai ce morceau de lard à la laisse de mon chien que je dédoublai et dont j'attachai les quatre fils bout à bout[6] ; puis je me blottis dans les joncs du bord, lançai mon appât, et j'eus bientôt la satisfaction de voir un premier canard s'approcher vivement et l'avaler. Les autres accoururent derrière le premier, et comme, l'onctuosité du lard aidant, mon appât eut

---

1. ***Bassinet*** : partie creuse du fusil où l'on place la poudre.
2. ***Sarcelles*** : sortes de petits canards.
3. ***Disséminés*** : dispersés.
4. ***Ma dernière charge*** : ma dernière cartouche.
5. ***Carnassière*** : sac dans lequel on met le gibier tué à la chasse.
6. ***Que je dédoublai*** : dont je séparai les fils (la laisse du chien de Münchhausen est composée de quatre fils tressés que ce dernier sépare pour disposer d'une longue corde, en les attachant bout à bout).

bientôt traversé le canard dans toute sa longueur, un second l'avala, puis un troisième, et ainsi de suite. Au bout de quelques instants mon morceau de lard avait voyagé à travers tous les canards, sans se séparer de sa ficelle : il les avait enfilés comme des perles. Je revins tout joyeux sur le bord, je me passai cinq ou six fois la ficelle autour du corps et sur les épaules, et m'en retournai à la maison.

Comme j'avais encore un bon bout de chemin à faire, et que cette quantité de canards m'incommodait singulièrement[1], je commençai à regretter d'en avoir tant pris. Mais sur ces entrefaites[2] il survint un événement qui, au premier moment, me causa quelque inquiétude. Les canards étaient tous vivants : revenus peu à peu de leur premier étourdissement, ils se mirent à battre de l'aile et à m'enlever en l'air avec eux. Tout autre que moi eût assurément été fort embarrassé. Mais moi j'utilisai cette circonstance à mon profit, et, me servant des basques[3] de mon habit comme de rames, je me guidai vers ma demeure. Arrivé au-dessus de la maison, lorsqu'il s'agit de parvenir à terre sans rien me casser, je tordis successivement le cou à mes canards, et je descendis par le tuyau de la cheminée, et, à la grande stupéfaction de mon cuisinier, je tombai sur le fourneau[4] qui par bonheur n'était pas allumé.

J'eus une aventure à peu près semblable avec une compagnie de perdreaux. J'étais sorti pour essayer un nouveau fusil, et j'avais épuisé ma provision de petit plomb, lorsque, contre toute attente, je vis se lever[5] sous mes pieds une compagnie de perdreaux. Le désir d'en voir le soir même figurer quelques-uns sur

1. ***M'incommodait singulièrement*** : me gênait beaucoup.
2. ***Sur ces entrefaites*** : à ce moment-là.
3. ***Basques*** : parties d'une veste qui tombent en dessous de la taille.
4. ***Fourneau*** : appareil servant à faire du feu pour la cuisine qui occupait parfois l'âtre de la cheminée.
5. ***Se lever*** : s'envoler.

« Mon morceau de lard avait voyagé à travers tous les canards, sans se séparer de sa ficelle : il les avait enfilés comme des perles. »

ma table m'inspira un moyen que, sur ma parole, messieurs, je vous conseille d'employer en pareille circonstance. Dès que j'eus remarqué la place où le gibier s'était abattu, je chargeai rapidement mon arme et j'y glissai en guise de plomb ma baguette [1], dont je laissai dépasser l'extrémité hors du canon.

Je me dirigeai vers les perdreaux, je tirai au moment où ils prenaient leur vol, et, à quelques pas de là, ma baguette retomba ornée de sept pièces [2], qui durent être fort surprises de se trouver si subitement mises à la broche ; ce qui justifie le proverbe qui dit : « Aide-toi, le ciel t'aidera. »

Une autre fois, je rencontrai dans une des grandes forêts de la Russie un magnifique renard bleu. C'eût été grand dommage de trouer cette précieuse fourrure d'une balle ou d'une décharge de plomb. Maître renard était tapi derrière un arbre. Je retirai aussitôt la balle du canon et la remplaçai par un bon clou : je fis feu, et si habilement, que la queue du renard se trouva fichée à l'arbre. Alors je m'avançai tranquillement vers lui, je pris mon couteau de chasse et lui fis sur la face une double entaille en forme de croix ; je pris ensuite mon fouet et le chassai si joliment hors de sa peau que c'était plaisir à voir.

Le hasard et la chance se chargent souvent de réparer nos fautes ; en voici un exemple. Un jour, je vois dans une épaisse forêt une laie et un marcassin [3] qui courent sur moi. Je tire, et les manque. Mais voilà le marcassin qui continue sa route, et la laie qui s'arrête immobile comme fichée au sol. Je m'approche pour chercher la cause de cette immobilité, et je m'aperçois que j'avais affaire à une laie aveugle, qui tenait entre ses dents la queue du marcassin, lequel, dans sa piété filiale, lui servait de guide. Ma balle, ayant passé entre les deux bêtes, avait coupé le fil conducteur, dont la vieille laie conservait encore une extrémité : ne se

---

1. ***Ma baguette*** : il s'agit sans doute ici de la baguette qui sert à charger par la bouche du canon les anciennes armes à feu.

2. ***De sept pièces*** : ici, de sept perdreaux.

3. La laie et le marcassin sont la femelle et le petit du sanglier.

sentant plus tirée par son guide, elle s'était arrêtée. Je saisis aussitôt ce fragment de queue, et je ramenai chez moi, sans peine et sans résistance, la pauvre bête infirme.

Si dangereux que soit cet animal, le sanglier est encore plus redoutable et plus féroce. J'en rencontrai un jour un dans une forêt, dans un moment où je n'étais préparé ni à la défense ni à l'attaque. J'avais à peine eu le temps de me réfugier derrière un arbre, que l'animal se jeta sur moi de tout son élan, pour me donner un coup de côté ; mais, au lieu de m'entrer dans le corps, ses défenses pénétrèrent si profondément dans le tronc, qu'il ne put les retirer pour fondre une seconde fois sur moi.

« Ha, ha ! pensai-je, à nous deux maintenant ! »

Je pris une pierre, et je cognai de toutes mes forces sur ses défenses, de façon qu'il lui fût absolument impossible de se dégager. Il n'avait qu'à attendre que je décidasse de son sort : j'allai chercher des cordes et un chariot au village voisin, et le rapportai fortement garrotté [1] et vivant à la maison.

Vous avez assurément entendu parler, messieurs, de saint Hubert [2], le patron des chasseurs et des tireurs, ainsi que du cerf qui lui apparut dans une forêt, portant la sainte croix entre ses cors [3]. Je n'ai jamais manqué de fêter chaque année ce saint en bonne compagnie, et j'ai bien souvent vu son cerf représenté en peinture dans les églises, ainsi que sur la poitrine des chevaliers de l'ordre qui porte son nom ; aussi, en mon âme et conscience, sur mon honneur de brave chasseur, je n'oserais pas nier qu'il n'y ait eu autrefois des cerfs coiffés de croix, et même qu'il n'en existe encore aujourd'hui. Mais sans entrer dans cette discussion, permettez-moi de vous raconter ce que j'ai vu de mes propres

---

1. ***Fortement garrotté*** : solidement attaché.

2. ***Hubert de Liège*** (656-727) : saint chrétien célèbre pour avoir rencontré un cerf blanc portant une croix entre ses bois. Il est le saint patron de la chasse.

3. ***Entre ses cors*** : entre ses bois.

yeux. Un jour que je n'avais plus de plomb, je donnai[1], par un hasard inespéré, sur le plus beau cerf du monde. Il s'arrêta et me regarda fixement, comme s'il eût su que ma poire à plombs[2] était vide. Aussitôt je mis dans mon fusil une charge de poudre, et j'y insinuai une poignée de noyaux de cerises, que j'avais aussi vite que possible débarrassés de leur chair. Je lui envoyai le tout sur le front, entre les deux cors. Le coup l'étourdit : il chancela, puis il se remit et disparut. Un ou deux ans après, je repassais dans la même forêt, et voilà, ô surprise ! que j'aperçois un magnifique cerf portant entre les cors un superbe cerisier, haut de dix pieds[3], pour le moins. Je me souvins alors de ma première aventure, et, considérant l'animal comme une propriété depuis longtemps mienne, d'une balle je l'étendis à terre, de sorte que je gagnai à la fois le rôti et le dessert ; car l'arbre était chargé de fruits, les meilleurs et les plus délicats que j'eusse mangés de ma vie. Qui peut dire, après cela, que quelque pieux et passionné chasseur, abbé ou évêque, n'ait pas semé de la même façon la croix entre les cors du cerf de saint Hubert ? Dans les cas extrêmes, un bon chasseur a recours à n'importe quel expédient[4] plutôt que de laisser échapper une belle occasion, et je me suis trouvé moi-même maintes fois obligé de me tirer, par ma seule habileté, des passes[5] les plus périlleuses.

Que dites-vous, par exemple, du cas suivant ?

Je me trouvais, à la tombée de la nuit, à bout de munitions, dans une forêt de Pologne. Je m'en retournais à la maison, lorsqu'un ours énorme, furieux, la gueule ouverte, prêt à me dévorer, me barre le passage. En vain je cherche dans toutes mes poches

---

1. ***Je donnai [...] sur le plus beau cerf du monde*** : je tombai [...] sur le plus beau cerf du monde.

2. ***Poire à plombs*** : réserve de plombs.

3. ***Pieds*** : voir « Les unités de mesure », p. 151.

4. ***Expédient*** : moyen ingénieux.

5. ***Passes*** : situations.

« Et voilà, ô surprise ! que j'aperçois un magnifique cerf portant entre les cors un superbe cerisier [...]. »

de la poudre et du plomb. Je ne trouve rien que deux pierres à fusil, que j'ai l'habitude d'emporter par précaution. J'en lance violemment une dans la gueule de l'animal, qui pénètre jusqu'au fond de son gosier[1]. Ce traitement n'étant pas du goût du monstre, ma bête fait demi-tour, ce qui me permet de jeter une seconde pierre contre sa porte de derrière. L'expédient réussit admirablement. Non seulement le second silex arriva à son adresse, mais il rencontra le premier : le choc produisit du feu, et l'ours éclata avec une explosion terrible. Je suis sûr qu'un argument *a priori* lancé ainsi contre un argument *a posteriori* ferait, au moral[2], un effet analogue sur plus d'un savant.

Il était écrit que je devais être attaqué par les bêtes les plus terribles et les plus féroces, précisément dans les moments où j'étais le moins en état de leur tenir tête, comme si leur instinct les eut averties de ma faiblesse. C'est ainsi qu'une fois que je venais de dévisser la pierre de mon fusil pour la raviver, un monstre d'ours s'élance en hurlant vers moi. Tout ce que je pouvais faire, c'était de me réfugier sur un arbre afin de me préparer à la défense. Malheureusement, en grimpant, je laissai tomber mon couteau, et je n'avais plus rien que mes doigts, ce qui était insuffisant, pour visser ma pierre[3]. L'ours se dressait au pied de l'arbre, et je m'attendais à être dévoré d'un moment à l'autre.

J'aurais pu allumer mon amorce en tirant du feu de mes yeux, comme je l'avais fait dans une circonstance précédente ; mais cet expédient ne me tentait que médiocrement : il m'avait occasionné un mal d'yeux dont je n'étais pas encore complètement guéri. Je regardais désespérément mon couteau piqué droit dans la neige ; mais tout mon désespoir n'avançait pas les choses d'un

1. ***Gosier*** : gorge.
2. ***Au moral*** : dans le domaine de l'esprit.
3. ***Visser ma pierre*** : voir note 6, p. 41. La pierre de silex utilisée pour mettre le feu à la charge était fixée sur le chien du fusil et venait percuter le bassinet rempli de poudre lorsque l'on actionnait la gâchette.

cran. Enfin il me vint une idée aussi heureuse que singulière[1]. Vous savez tous par expérience que le vrai chasseur porte toujours, comme le philosophe, tout son bien avec lui : quant à moi, ma gibecière[2] est un véritable arsenal qui me fournit des ressources contre toutes les éventualités. J'y fouillai et en tirai d'abord une pelote de ficelle, puis un morceau de fer recourbé, puis une boîte pleine de poix[3] : la poix étant durcie par le froid, je la plaçai contre ma poitrine pour la ramollir. J'attachai ensuite à la corde le morceau de fer que j'enduisis abondamment de poix, et le laissai rapidement tomber à terre. Le morceau de fer enduit de poix se fixa au manche du couteau d'autant plus solidement que la poix, se refroidissant à l'air, formait comme un ciment ; je parvins de la sorte, en manœuvrant avec précaution, à remonter le couteau. À peine avais-je revissé ma pierre, que maître Martin[4] se mit en devoir d'escalader l'arbre.

« Parbleu, pensai-je, il faut être ours pour choisir si bien son moment ! »

Et je l'accueillis avec une si belle décharge, qu'il perdit du coup l'envie de plus jamais monter aux arbres.

Une autre fois je fus serré de si près par un loup que je n'eus pour me défendre d'autre ressource que de lui plonger mon poing dans la gueule. Poussé par l'instinct de ma conservation, je l'enfonçai toujours de plus en plus profondément, de façon que mon bras se trouvât engagé jusqu'à l'épaule. Mais que faire après cela ? Pensez un peu à ma situation : nez à nez avec un loup ! Je vous assure que nous ne nous faisions pas les yeux doux : si je retirais mon bras, la bête me sautait dessus infailliblement ; je lisais clairement son intention dans son regard flamboyant. Bref, je lui empoignai les entrailles, les tirai à moi,

1. ***Aussi heureuse que singulière*** : aussi bonne qu'originale.
2. ***Gibecière*** : carnassière (voir note 5, p. 42).
3. ***Poix*** : matière noire et collante qui sert à imperméabiliser des surfaces ou à coller de petits objets.
4. ***Maître Martin*** : surnom de l'ours.

retournai mon loup comme un gant, et le laissai mort sur la neige.

Je n'aurais assurément pas employé ce procédé à l'égard d'un chien enragé qui me poursuivit un jour dans une ruelle de Saint-Pétersbourg.

« Cette fois, me dis-je, tu n'as qu'à prendre tes jambes à ton coup ! »

Pour mieux courir, je jetai mon manteau et me réfugiai au plus vite chez moi. J'envoyai ensuite mon domestique chercher mon manteau, qu'il replaça dans l'armoire avec mes autres habits. Le lendemain, j'entendis un grand tapage dans la maison, et Jean qui venait vers moi en s'écriant :

« Au nom du ciel, monsieur le baron, votre manteau est enragé ! »

Je m'élance aussitôt, et je vois tous mes vêtements déchirés et mis en pièces. Le drôle avait dit vrai, mon manteau était enragé : j'arrivai juste au moment où le furibond se ruait sur un bel habit de gala tout neuf, et le secouait, et le dépeçait[1] de la façon la plus impitoyable.

1. ***Dépeçait*** : taillait en pièces.

3. Des chiens et des chevaux du baron de Münchhausen

Dans toutes ces circonstances difficiles d'où je me tirai toujours heureusement, quoique souvent au péril[1] de mes jours, ce furent le courage et la présence d'esprit qui me permirent de surmonter tant d'obstacles. Ces deux qualités font, comme chacun sait, l'heureux chasseur, l'heureux soldat et l'heureux marin. Cependant celui-là serait un chasseur, un amiral ou un général imprudent et blâmable, qui s'en remettrait en tout état de cause à sa présence d'esprit ou à son courage, sans avoir recours ni aux ruses, ni aux instruments, ni aux auxiliaires[2] qui peuvent assurer la réussite de son entreprise. Pour ce qui est de moi, je suis à l'abri de ce reproche, car je puis me vanter d'avoir toujours été cité tant pour l'excellence de mes chevaux, de mes chiens et de mes armes, que pour l'habileté remarquable que je mets à les utiliser. Je ne voudrais pas vous entretenir des détails de mes écuries, de mes chenils[3] ni de mes salles d'armes, comme ont coutume de le faire les palefreniers[4] et les piqueurs[5], mais je ne peux pas ne pas vous parler de deux chiens qui se sont si

1. ***Péril*** : danger.
2. ***Auxiliaires*** : ici, personnes susceptibles d'apporter leur aide.
3. ***Chenils*** : lieu où l'on élève et loge les chiens de chasse.
4. ***Palefreniers*** : employés chargés de s'occuper des chevaux.
5. ***Piqueurs*** : hommes à cheval chargés, lors de la chasse, de suivre le gibier et de diriger les chiens.

particulièrement distingués à mon service, que je ne les oublierai jamais.

L'un était un chien couchant[1], si infatigable, si intelligent, si prudent, qu'on ne pouvait le voir sans me l'envier. Jour et nuit, il était bon ; la nuit je lui attachais une lanterne à la queue, et, en cet équipage, il chassait tout aussi bien, peut-être mieux, qu'en plein jour.

Peu de temps après mon mariage, ma femme manifesta le désir de faire une partie de chasse. Je pris les devants pour faire lever quelque chose[2], et je ne tardai pas à voir mon chien arrêté devant une compagnie de quelques centaines de perdreaux. J'attendis ma femme, qui venait derrière moi, avec mon lieutenant et un domestique : j'attendis longtemps, personne n'arrivait ; enfin, assez inquiet, je retournai sur mes pas, et, quand je fus à moitié chemin, j'entendis des gémissements lamentables : ils semblaient être tout près, et cependant je n'apercevais nulle part trace d'être vivant.

Je descendis de cheval, j'appliquai mon oreille contre le sol, et non seulement je compris que les gémissements venaient de dessous terre, mais encore je reconnus les voix de ma femme, de mon lieutenant et de mon domestique. Je remarquai en même temps que non loin de l'endroit où j'étais s'ouvrait un puits de mine de houille[3], et je ne doutai plus que ma femme et ses malheureux compagnons n'y eussent été engloutis. Je courus ventre à terre au prochain village chercher les mineurs, qui, après de grands efforts, parvinrent à retirer les infortunés de ce puits qui mesurait pour le moins quatre-vingt-dix pieds de profondeur.

Ils amenèrent d'abord le domestique, son cheval, ensuite le lieutenant, puis son cheval ; enfin ma femme, et après elle son

---

1. ***Chien couchant*** : chien de chasse.
2. ***Je pris les devants pour faire lever quelque chose*** : je marchai en tête pour déloger le gibier.
3. ***Mine de houille*** : mine de charbon.

petit barbe[1]. Le plus curieux de l'affaire, c'est que malgré cette chute effroyable, personne, ni gens ni bête, n'avait été blessé, à l'exception de quelques contusions[2] insignifiantes ; mais ils étaient en proie à une extrême terreur. Comme vous pouvez l'imaginer, il n'y avait plus à penser à reprendre la chasse, et si, ainsi que je le suppose, vous avez oublié mon chien pendant ce récit, vous m'excuserez de l'avoir également oublié après ce terrible événement.

Le lendemain même de ce jour, je dus partir pour affaire de service, et je fus retenu quinze jours hors de chez moi. Aussitôt de retour, je demandai ma Diane[3]. Personne ne s'en était inquiété ; mes gens croyaient qu'elle m'avait suivi ; il fallait donc désespérer de la revoir jamais. À la fin une idée lumineuse me traversa l'esprit :

« Elle est peut-être restée, me dis-je, en arrêt devant la compagnie de perdreaux ! »

Je m'élance aussitôt, plein d'espoir et de joie, et qu'est-ce que je trouve ! ma chienne immobile à la place même où je l'avais laissée quinze jours auparavant. « Pille[4] ! » lui criai-je ; en même temps elle rompit l'arrêt, fit lever les perdreaux, et j'en abattis vingt-cinq d'un seul coup. Mais la pauvre bête eut à peine la force de revenir auprès de moi, tant elle était exténuée et affamée. Je fus obligé, pour la ramener à la maison, de la prendre avec moi sur mon cheval : vous pensez du reste avec quelle joie je me pliai à cette incommodité. Quelques jours de repos et de bons soins la rendirent aussi fraîche et aussi vive qu'auparavant, et ce ne fut que plusieurs semaines plus tard que je me trouvai à même de

1. ***Petit barbe*** : petit cheval de selle oriental, de Barbarie.
2. ***Contusions*** : meurtrissures, douleurs.
3. ***Diane*** : nom que le baron a donné à son chien de chasse en référence à la déesse de la chasse dans la mythologie gréco-romaine.
4. ***Pille !*** : du verbe « piller », qui signifie, dans le contexte de la chasse, s'élancer sur le gibier.

résoudre une énigme qui, sans ma chienne, me fût sans doute restée éternellement incompréhensible.

Je m'acharnais depuis deux jours à la poursuite d'un lièvre. Ma chienne le ramenait toujours et je ne parvenais jamais à le tirer. Je ne crois pas à la sorcellerie, j'ai vu trop de choses extraordinaires pour cela, mais j'avoue que je perdais mon latin [1] avec ce maudit lièvre. Enfin je l'atteignis si près que je le touchais du bout de mon fusil : il culbuta, et que pensez-vous, messieurs, que je trouvai ? – Mon lièvre avait quatre pattes au ventre et quatre autres sur le dos. Lorsque les deux paires de dessous étaient fatiguées, il se retournait comme un nageur habile qui fait alternativement la coupe et la planche [2], et il repartait de plus belle avec ses deux paires fraîches.

Je n'ai jamais revu depuis de lièvre semblable à celui-là, et je ne l'aurais assurément pas pris avec une autre chienne que Diane. Elle surpassait tellement tous ceux de sa race, que je ne craindrais pas d'être taxé d'exagération en la disant unique, si un lévrier que je possédais ne lui avait disputé cet honneur. Cette petite bête était moins remarquable par sa mine que par son incroyable rapidité. Si ces messieurs l'avaient vue, ils l'auraient certainement admirée, et n'auraient point trouvé étonnant que je l'aimasse si fort, et que je prisse tant de plaisir à chasser avec elle. Ce lévrier [3] courut si vite et si longtemps à mon service, qu'il s'usa les pattes jusqu'au-dessus du jarret [4], et que sur ses vieux jours je pus l'employer avantageusement en qualité de terrier [5].

Alors que cette intéressante bête était encore lévrier ou, pour parler plus exactement, levrette, elle fit lever un lièvre qui me

---

1. ***Je perdais mon latin*** : je ne savais plus que faire.

2. ***La coupe et la planche*** : ancienne manière de désigner deux types de nages, sur le ventre et sur le dos.

3. ***Lévrier*** : chien aux longues pattes fines.

4. ***Au-dessus du jarret*** : au-dessus du genou.

5. ***Terrier*** : chien à pattes courtes.

parut extrêmement gros. Ma chienne était pleine[1] à ce moment, et cela me peinait de voir les efforts qu'elle faisait pour courir aussi vite que d'habitude. Tout à coup j'entendis des jappements, comme si c'eût été une meute entière qui les poussât, mais faibles et incertains, si bien que je ne savais d'où cela partait : lorsque je me fus approché, je vis la chose la plus surprenante du monde.

Le lièvre, ou plutôt la hase, car c'était une femelle, avait mis bas en courant ; ma chienne en avait fait autant, et il était né précisément autant de petits lièvres que de petits chiens. Par instinct les premiers avaient fui, et, par instinct aussi, les seconds les avaient non seulement poursuivis, mais pris, de sorte que je me trouvai terminer avec six chiens et six lièvres une chasse que j'avais commencée avec un seul lièvre et un seul chien.

Au souvenir de cette admirable chienne, je ne puis m'empêcher de rattacher celui d'un excellent cheval lituanien, une bête sans prix ! Je l'eus par suite d'un hasard qui me donna l'occasion de montrer glorieusement mon adresse de cavalier. Je me trouvais dans un des biens[2] du comte Przobowski[3], en Lituanie, et j'étais resté dans le salon à prendre le thé avec les dames, tandis que les hommes étaient allés dans la cour examiner un jeune cheval de sang[4] arrivé récemment du haras. Tout à coup nous entendîmes un cri de détresse.

Je descendis en toute hâte l'escalier, et je trouvai le cheval si furieux, que personne n'osait ni le monter, ni même l'approcher ; les cavaliers les plus résolus restaient immobiles et fort embarrassés : l'effroi se peignait sur tous les visages lorsque d'un seul bond je m'élançai sur la croupe du cheval ; je le surpris et le matai tout d'abord par cette hardiesse[5] ; mes talents hippiques

---

1. ***Ma chienne était pleine*** : ma chienne allait avoir des petits.
2. ***Un des biens*** : une des demeures.
3. ***Comte Przobowski*** : nom vraisemblablement inventé.
4. ***Cheval de sang*** : cheval de race.
5. ***Je le matai tout d'abord par cette hardiesse*** : je le maîtrisai tout d'abord par cette audace.

achevèrent de le dompter et de le rendre doux et obéissant. Afin de rassurer les dames, je fis sauter ma bête dans le salon en passant par la fenêtre ; je fis plusieurs tours au pas, au trot et au galop, et, pour terminer, je vins me placer sur la table même, où j'exécutai les plus élégantes évolutions[1] de la haute école, ce qui réjouit fort la société. Ma petite bête se laissa si bien mener, qu'elle ne cassa pas un verre, pas une tasse. Cet événement me mit si fort en faveur auprès des dames et du comte, qu'il me pria avec sa courtoisie habituelle de vouloir bien accepter ce jeune cheval, qui me conduirait à la victoire dans la prochaine campagne contre les Turcs, qui allait s'ouvrir sous les ordres du comte Munich[2].

---

1. ***Évolutions*** : figures.
2. ***Comte Munich*** ou ***Burckhardt Christoph von Münnich*** (1683-1767) : soldat allemand qui servit la Russie. Il fut exilé en Russie en 1741, après le coup d'État d'Élisabeth Ire.

« Je vins me placer sur la table même, où j'exécutai les plus élégantes évolutions [...]. »

4. Aventures du baron de Münchhausen dans la guerre contre les Turcs

Certes, il eût été difficile de me faire un cadeau plus agréable que celui-là, dont je me promettais beaucoup de bien pour la prochaine campagne et qui devait me servir à faire mes preuves. Un cheval aussi docile, aussi courageux, aussi ardent – un agneau et un bucéphale[1] tout à la fois – devait me rappeler les devoirs du soldat, et en même temps les faits héroïques accomplis par le jeune Alexandre[2] dans ses fameuses guerres.

Le but principal de notre campagne était de rétablir l'honneur des armes russes qui avait quelque peu été atteint sur le Pruth, du temps du tsar Pierre[3] : nous y parvînmes après de rudes mais glorieux combats, et grâce aux talents du grand général que j'ai nommé plus haut.

La modestie interdit aux subalternes[4] de s'attribuer de beaux faits d'armes ; la gloire doit en revenir communément aux chefs,

1. Le cheval d'Alexandre le Grand (voir note ci-dessous) se nommait Bucéphale, soit littéralement « tête de bœuf », et était réputé difficile.

2. ***Alexandre le Grand*** (-356 à -323) : roi de Macédoine, il devint un des plus grands conquérants de l'Histoire en bâtissant un empire allant de la Grèce à l'Inde.

3. ***Pruth*** (ou Prout) : rivière d'Europe de l'Est et affluent du Danube. Un traité du Prout fut signé entre les Russes et les Ottomans en 1711, marquant la perte pour les Russes de la région de Crimée et de la ville d'Azov. Pierre Ier le Grand (1672-1725) était alors le tsar de Russie.

4. ***Aux subalternes*** : aux officiers soumis aux ordres d'une plus haute autorité, comme c'est ici le cas du baron à l'égard du général.

si nuls qu'ils soient, aux rois et aux reines qui n'ont jamais senti brûler de poudre qu'à l'exercice, et n'ont jamais vu manœuvrer d'armée qu'à la parade.

Ainsi, je ne revendique pas la moindre part de la gloire que notre armée recueillit dans maint engagement [1]. Nous fîmes tous notre devoir, mot qui, dans la bouche du citoyen, du soldat, de l'honnête homme, a une signification beaucoup plus large que ne se l'imaginent messieurs les buveurs de bière. Comme je commandais alors un corps de hussards [2], j'eus à exécuter différentes expéditions où l'on s'en remettait entièrement à mon expérience et à mon courage ; pour être juste, cependant, je dois dire ici qu'une grande part de mes succès revient à ces braves compagnons que je conduisais à la victoire.

Un jour que nous repoussions une sortie des Turcs sous les murs d'Oczakow [3], l'avant-garde se trouva chaudement engagée [4]. J'occupais un poste assez avancé [5] ; tout à coup je vis venir du côté de la ville un parti d'ennemis [6] enveloppés d'un nuage de poussière qui m'empêchait d'apprécier le nombre et la distance. M'entourer d'un nuage semblable, c'eût été un stratagème vulgaire, et cela m'eût, en outre, fait manquer mon but. Je déployai mes tirailleurs [7] sur les ailes en leur recommandant de faire autant de poussière qu'ils pourraient. Quant à moi, je me dirigeai droit sur l'ennemi, afin de savoir au juste ce qui en était.

Je l'atteignis : il résista d'abord et tint bon jusqu'au moment où mes tirailleurs vinrent jeter le désordre dans ses rangs. Nous

---

1. ***Dans maint engagement*** : dans nombre de combats.

2. ***Hussards*** : cavaliers légers d'élite aux uniformes colorés.

3. ***Oczakow*** : ville alors turque et proche de la Crimée. La ville fut prise d'assaut en 1737, sous le commandement de Munich.

4. ***L'avant-garde se trouva chaudement engagée*** : la partie de l'armée qui marchait devant se trouva dangereusement attaquée.

5. ***J'occupais un poste assez avancé*** : j'occupais une position en avant de la ligne principale de défense.

6. ***Un parti d'ennemis*** : un groupe d'ennemis.

7. ***Tirailleurs*** : soldats à pied.

le dispersâmes complètement, en fîmes un grand carnage et le refoulâmes non seulement dans la place, mais encore au-delà, de façon qu'il s'enfuît par la porte opposée, résultat que nous n'avions pas osé espérer.

Comme mon lituanien allait extrêmement vite, je me trouvai le premier sur le dos des fuyards, et, voyant que l'ennemi courait si bien vers l'autre issue de la ville, je jugeai bon de m'arrêter sur la place du marché et de faire sonner le rassemblement. Mais figurez-vous mon étonnement, messieurs, en ne voyant autour de moi ni trompette[1] ni aucun de mes hussards !

« Que sont-ils devenus ? me dis-je ; se seraient-ils répandus dans les rues ? »

Ils ne pouvaient cependant pas être bien loin, et ne devaient pas tarder à me rejoindre. En attendant, je menai mon lituanien à la fontaine qui occupait le milieu de la place, pour l'abreuver. Il se mit alors à boire d'une façon inconcevable, sans que cela parût le désaltérer : j'eus bientôt l'explication de ce phénomène singulier, car, en me retournant pour regarder si mes gens n'arrivaient pas, qu'imaginez-vous que je vis, messieurs ? Tout l'arrière-train de mon cheval était absent et coupé net. L'eau s'écoulait par-derrière à mesure qu'elle entrait par-devant, sans que la bête en conservât rien.

Comment cela était-il arrivé ? Je ne pouvais m'en rendre compte, lorsque, enfin, mon hussard arriva du côté opposé à celui par lequel j'étais venu et, à travers un torrent de cordiales félicitations et d'énergiques jurons, me rapporta ce qui suit. Tandis que je m'étais jeté pêle-mêle au milieu des fuyards, on avait brusquement laissé retomber la herse[2] de la porte, qui avait tranché net l'arrière-train de mon cheval. Cette seconde partie de ma bête était d'abord restée au milieu des ennemis et y avait

1. ***Trompette*** : soldat chargé d'exécuter les sonneries, ou signaux militaires, à la trompette.
2. ***Herse*** : grille.

exercé de terribles ravages ; puis, ne pouvant pénétrer dans la ville, elle s'était dirigée vers un pré voisin, où je la retrouverais sans aucun doute. Je tournai bride aussitôt, et l'avant de mon cheval me mena au grand galop vers la prairie. À ma grande joie, j'y retrouvai en effet l'autre moitié qui se livrait aux évolutions les plus ingénieuses et passait gaiement le temps avec les juments qui erraient sur la pelouse [1].

Étant dès lors bien assuré que les deux parties de mon cheval étaient vivantes, j'envoyai chercher notre vétérinaire. Sans perdre de temps, il les rajusta au moyen de rameaux de laurier [2] qui se trouvaient là, et la blessure guérit heureusement. Il advint alors quelque chose qui ne pouvait arriver qu'à un animal aussi supérieur. Les branches prirent racine dans son corps, poussèrent, et formèrent autour de moi comme un berceau à l'ombre duquel j'accomplis plus d'une action d'éclat.

Je veux vous raconter encore ici un petit désagrément qui résulta de cette brillante affaire. J'avais si vigoureusement, si longtemps et si impitoyablement sabré l'ennemi, que mon bras en avait conservé le mouvement, alors que les Turcs avaient depuis longtemps disparu. Dans la crainte de me blesser et surtout de blesser les miens lorsqu'ils m'approchaient, je me vis obligé de porter pendant huit jours mon bras en écharpe, comme si j'eusse été amputé.

Lorsqu'un homme monte un cheval tel que mon lituanien, vous pouvez bien, messieurs, le croire capable d'exécuter un autre trait [3] qui paraît, au premier abord, tenir du fabuleux. Nous

---

1. Théophile Gautier fils a censuré la fin du paragraphe, sans doute pour des raisons de bienséance : la partie arrière du cheval fait « ample connaissance » avec un « harem » de juments, si bien qu'elles mettent bas des poulains qui sont également sans tête (*Les Merveilleux Voyages du baron de Münchhausen*, trad. Olivier Mannoni, Gallimard, coll. « Folio bilingue », 2006, p. 84).

2. ***Rameaux de laurier*** : branches de laurier, plante dont les feuilles servent à former des couronnes pour les vainqueurs militaires.

3. ***Un autre trait*** : une autre action d'éclat.

faisions le siège d'une ville dont j'ai oublié le nom, et il était de la plus haute importance pour le feld-maréchal[1] de savoir ce qui se passait dans la place : il paraissait impossible d'y pénétrer, car il eût fallu se faire jour à travers les avant-postes, les grands gardes et les ouvrages avancés, personne n'osait se charger d'une pareille entreprise. Un peu trop confiant peut-être dans mon courage et emporté par mon zèle, j'allai me placer près d'un de nos gros canons et, au moment où le coup partait, je m'élançai sur le boulet, dans le but de pénétrer par ce moyen dans la ville ; mais lorsque je fus à moitié route, la réflexion me vint.

« Hum ! pensai-je, aller, c'est bien, mais comment revenir ? Que va-t-il arriver une fois dans la place ? On te traitera en espion et on te pendra au premier arbre : ce n'est pas une fin digne de Münchhausen ! »

Ayant fait cette réflexion, suivie de plusieurs autres du même genre, j'aperçus un boulet, dirigé de la forteresse contre notre camp, qui passait à quelques pas de moi ; je sautai dessus, et je revins au milieu des miens, sans avoir, il est vrai, accompli mon projet, mais du moins entièrement sain et sauf.

Si j'étais leste et alerte[2] à la voltige, mon brave cheval ne l'était pas moins. Haies ni fossés, rien ne l'arrêtait, il allait toujours droit devant lui. Un jour, un lièvre que je poursuivais coupa la grande route ; en ce moment même, une voiture[3] où se trouvaient deux belles dames vint me séparer du gibier. Mon cheval passa si rapidement et si légèrement à travers la voiture, dont les glaces étaient baissées, que j'eus à peine le temps de retirer mon chapeau et de prier ces dames de m'excuser de la liberté grande[4].

---

1. ***Le feld-maréchal*** : il s'agit encore du comte Munich (ou Münnich), mentionné à la fin du chapitre précédent. Voir note 2, p. 57.

2. ***Si j'étais leste et alerte à la voltige*** : si j'étais souple et agile à la voltige

3. ***Une voiture*** : ici, une voiture à cheval.

4. ***M'excuser de la liberté grande*** : m'excuser de m'être permis d'agir avec une telle familiarité.

Une autre fois, je voulus sauter une mare, et, lorsque je me trouvai au milieu, je m'aperçus qu'elle était plus grande que je ne me l'étais figuré d'abord : je tournai aussitôt bride au milieu de mon élan, et je revins sur le bord que je venais de quitter, pour reprendre plus de champ ; cette fois encore je m'y pris mal, et tombai dans la mare jusqu'au cou : j'aurais péri infailliblement si, par la force de mon propre bras, je ne m'étais enlevé par ma propre queue [1], moi et mon cheval que je serrai fortement entre les genoux.

1. ***Par ma propre queue*** : par la tresse de mes cheveux.

Münchhausen, ce héros

Malgré son air tranquille et fantaisiste, le baron de Münchhausen est un véritable héros : il est capable d'exploits qui défient les lois de la nature, est entouré de compagnons qui possèdent eux aussi des pouvoirs surnaturels et expérimente les grandes étapes du parcours héroïque, comme la mort symbolique suivie d'une renaissance.

◀ Image extraite des *Aventures fantastiques du baron Münchhausen* (1943) de Josef Von Báky (1902-1966). Dans cette image, Von Báky reprend l'épisode où le baron chevauche un boulet de canon (chapitre 4, p. 63). Le portrait du baron historique lui ressemble d'ailleurs beaucoup !

▶ Unique portrait du baron de Münchhausen, peint par G. Bruckner (1752).

Le ventre de la baleine

Par deux fois (chapitres 8 et 17), Münchhausen est avalé par un poisson, mais il en ressort toujours vivant. L'extrait du film d'animation de Jean Image représente la scène en s'inspirant d'une gravure de Gustave Doré datant du XIXe siècle, faisant elle-même écho à l'imaginaire des monstres marins de la mythologie.

▲ Image extraite des *Fabuleuses Aventures du légendaire baron de Munchausen* (1978) de Jean Image (de son vrai nom Émeric André Hajdu, 1911-1989).

▲ Illustration des aventures du baron par Gustave Doré (1832-1883) pour l'édition française de 1862.

Un héros dans la lune

Outre le boulet de canon chevauché, l'une des péripéties les plus appréciées des aventures du baron est le voyage sur la lune. Les différentes adaptations rivalisent d'ingéniosité pour représenter les paysages lunaires et ses habitants.

Le voyage aller

S'inspirant du conte de « Jack et le haricot magique », le baron se rend sur l'astre céleste pour la première fois en grimpant le long de la plante (chapitre 5, p. 66), afin d'y chercher sa hache d'or. Münchhausen est vêtu à l'orientale puisqu'il est à ce moment-là de l'histoire prisonnier des Turcs.

▲ Illustration des aventures du baron par Adolphe Bichard (1841-1914) pour l'édition de 1886.

Le retour

Au retour, nous le retrouvons avec sa hache. Il redescend sur terre avec un morceau de corde, hélas trop court. C'est alors l'occasion d'un autre exploit : le baron coupe la corde pour rattacher le bout supérieur à celui du dessous. Cette impossibilité est rendue par Quinto qui traite la lune comme un décor de carton-pâte qu'on peut percer pour y attacher un nœud.

◄ Image extraite de l'édition illustrée par Nadir Quinto (1918-1994) en 1965.

À la rencontre de l'autre

Si le premier voyage est court, le second (chapitre 16, p. 134) permet de rencontrer les habitants de la lune : les Sélénites. Dans l'adaptation de Von Báky, un professeur explique au baron que ceux-ci peuvent détacher leur tête à volonté. Mais cette découverte n'est pas sans conséquence : le temps passe plus vite sur la lune et le valet du baron en fait les frais ; il sera enterré en terre lunaire. On remarque en arrière-plan le ballon qui a servi de moyen de transport.

▲ Image extraite des *Aventures fantastiques du baron Münchhausen* (1943) de Josef Von Báky.

Le baron de Terry Gilliam

En 1988, le Britannique Terry Gilliam (né en 1940) adapte les *Aventures du baron de Münchhausen* au cinéma et unit les diverses péripéties du personnage en un ensemble cohérent. Le baron vieillissant arrive dans une cité assiégée par les Turcs et, par les récits de ses exploits passés, réussit à libérer la ville. Sur l'affiche du film, le baron s'envole au-dessus de la réalité, emportant avec lui la petite fille qui sert de guide au spectateur. La tête du baron se substitue au ballon rempli d'air chaud, témoignant de son caractère extravagant et saugrenu.

◀ Affiche du film *Les Aventures du baron de Munchausen* (1988) de Terry Gilliam.

◀ Le fringant baron (John Neville), entouré d'ennemis menaçants, dans *Les Aventures du baron de Munchausen* de Terry Gilliam.

Le sauveur de la ville

Le baron sauve la ville et guide le peuple à ses portes.

▲ Image extraite des *Aventures du baron de Munchausen* de Terry Gilliam.

À la rencontre de Vénus

Au cours de ses récits, le baron séducteur annonce avoir rencontré Vénus (Uma Thurman) qui apparaît dans une gigantesque coquille.

◀ Image extraite des *Aventures du baron de Munchausen* de Terry Gilliam.

Divinités et héros en peinture *

Si des textes fondateurs ont alimenté les histoires du baron, ceux-ci ont également fournit la matière de tableaux de maîtres. Peint par Botticelli (1444-1510), cette *Naissance de Vénus* (1484-1486) reprend le thème classique de la Vénus anadyomène, c'est-à-dire « sortie des eaux ». En effet, selon la légende, la déesse serait née de l'écume de l'océan, ce qui explique la présence du coquillage. Terry Gilliam s'en est souvenu pour représenter Vénus dans l'épisode tiré du chapitre 17 (p. 141).

Collection particulière

▲ Botticelli (1444-1510), *Naissance de Vénus* (1484-1486), Galerie des Offices, Florence (Italie).

* Voir dossier, p. 185.

David et Goliath

Le baron affirme posséder la fronde de David (chapitre 13, p. 115). Dans *David avec la tête de Goliath* (1606-1607) du Caravage (1571-1610), on aperçoit une marque sur le front de la tête coupée, à l'endroit où elle a été frappée par la pierre de la fronde. Quant à David, loin d'être triomphant, il se montre plein de compassion pour son adversaire vaincu.

Le Caravage (1571-1610), *David avec la tête de Goliath* (1606-1607), Galerie Borghèse, Rome (Italie).

Samson et Dalila

Au chapitre 14, Münchhausen se compare au héros biblique Samson (p. 126). Dans son tableau, Rubens (1577-1640) montre le moment où, ayant révélé son secret à Dalila (le fait que sa force réside dans sa chevelure), Samson est piégé par un Philistin qui lui coupe les cheveux.

Rubens (1577-1640) *Samson et Dalila* (1609-1610), National Gallery, Londres (Royaume-Uni).

Création Studio Flammarion

5. Aventures du baron de Münchhausen pendant sa captivité chez les Turcs. Il revient dans sa patrie

Malgré tout mon courage, malgré la rapidité, l'adresse et la souplesse de mon cheval, je ne remportai pas toujours, dans la guerre contre les Turcs, les succès que j'eusse désirés. J'eus même le malheur, débordé par le nombre, d'être fait prisonnier, et, ce qui est plus triste encore, quoique cela soit une habitude chez ces gens-là, je fus vendu comme esclave.

Réduit à cet état d'humiliation, j'accomplissais un travail moins dur que singulier, moins avilissant[1] qu'insupportable. J'étais chargé de mener chaque matin au champ les abeilles du sultan, de les garder tout le jour et de les ramener le soir à leur ruche. Un soir, il me manqua une abeille ; mais je reconnus aussitôt qu'elle avait été attaquée par deux ours qui voulaient la mettre en pièces pour avoir son miel. N'ayant entre les mains d'autre arme que la hachette d'argent qui est le signe distinctif des jardiniers et des laboureurs du sultan, je la lançai contre les deux voleurs, dans le but de les effrayer. Je réussis en effet à délivrer la pauvre abeille ; mais l'impulsion donnée par mon bras avait été trop forte ; la hache s'éleva en l'air si haut, si haut, qu'elle s'en alla tomber dans la lune. Comment la ravoir ? Où trouver une échelle pour aller la rechercher ?

1. ***Avilissant*** : rabaissant, dégradant.

Je me rappelai alors que le pois[1] de Turquie croît très rapidement et à une hauteur extraordinaire. J'en plantai immédiatement un, qui se mit à pousser et alla de lui-même contourner sa pointe autour d'une des cornes de la lune[2]. Je grimpai lestement vers l'astre, où j'arrivai sans encombre. Ce ne fut pas un petit travail que de rechercher ma hachette d'argent dans un endroit où tous les objets sont également en argent. Enfin je la trouvai sur un tas de paille.

Alors je songeai au retour. Mais, ô désespoir ! la chaleur du soleil avait flétri[3] la tige de mon pois, si bien que je ne pouvais descendre par cette voie sans risquer de me casser le cou. Que faire ? Je tressai avec la paille une corde aussi longue que je pus : je la fixai à l'une des cornes de la lune, et je me laissai glisser. Je me soutenais de la main droite, j'avais ma hache dans la gauche : arrivé au bout de ma corde, je tranchai la portion supérieure et la rattachai à l'extrémité inférieure : je réitérai plusieurs fois cette opération, et je finis, au bout de quelques temps, par discerner au-dessous de moi la campagne du sultan[4].

Je pouvais bien être encore à une distance de deux lieues de la terre, dans les nuages, lorsque la corde se cassa, et je tombai si rudement sur le sol, que j'en restai tout étourdi. Mon corps, dont le poids s'était accru par la vitesse acquise et par la distance parcourue, creusa dans la terre un trou d'au moins neuf pieds[5] de profondeur. Mais la nécessité[6] est bonne conseillère. Je me taillai avec mes ongles de quarante ans une sorte d'escalier, et je parvins de cette façon à revoir le jour.

---

1. ***Pois*** : plante grimpante qui donne les « petits pois ».
2. ***Contourner sa pointe autour d'une des cornes de la lune*** : s'enrouler autour de l'une des extrémités du croissant de lune.
3. ***Flétri*** : abîmé.
4. ***La campagne du sultan*** : les terres du sultan.
5. ***Pieds*** : voir « Les unités de mesure », p. 151.
6. ***La nécessité*** : ici, le besoin impératif.

Instruit par cette expérience, je trouvai un meilleur moyen de me débarrasser des ours qui en voulaient à mes abeilles et à mes ruches. J'enduisis de miel le timon[1] d'un chariot, et je me plaçai non loin de là en embuscade, pendant la nuit. Un ours énorme, attiré par l'odeur du miel, arriva et se mit à lécher si avidement le bout du timon, qu'il finit par se le passer tout entier dans la gueule, dans l'estomac et dans les entrailles : lorsqu'il fut bien embroché, j'accourus, je fichai dans le trou placé à l'extrémité du timon une grosse cheville[2], et coupant ainsi la retraite au gourmand, je le laissai dans cette position jusqu'au lendemain matin. Le sultan, qui vint se promener dans les environs, faillit mourir de rire en voyant le tour que j'avais joué à l'ours.

Peu de temps après, les Russes conclurent la paix avec les Turcs[3], et je fus renvoyé à Saint-Pétersbourg avec nombre d'autres prisonniers de guerre. Je pris mon congé, et je quittai la Russie au moment de cette grande révolution qui eut lieu il y a environ quarante ans, et à la suite de laquelle l'empereur au berceau, avec sa mère et son père, le duc de Brunswick, le feld-maréchal Munich et tant d'autres, fut exilé en Sibérie[4]. Il sévit cette année-là un tel froid dans toute l'Europe, que le soleil lui-même y gagna des engelures[5], dont on voit encore les marques qu'on observe sur sa face. Aussi eus-je beaucoup plus à souffrir à mon retour que lors de mon premier voyage.

---

1. ***Le timon*** : la longue pièce de bois à l'avant d'un chariot à laquelle on attelle des chevaux ou des bœufs.

2. ***Une grosse cheville*** : un gros clou de bois.

3. Il s'agit de la fin de la guerre russo-turque de 1735-1739, close par le traité de Nyssa.

4. ***Élisabeth Ire de Russie*** (1709-1762) : fille de Pierre le Grand, elle prit le pouvoir par un coup d'État en 1741 et fit emprisonner l'empereur Ivan VI, âgé d'à peine un an à l'époque, ainsi que ses partisans, parmi lesquels ses parents, Brunswick (protecteur du Münchhausen historique) et Münnich (exilé en Sibérie pendant vingt ans).

5. ***Engelures*** : petites plaies très douloureuses causées par le froid.

« Le soleil lui-même y gagna des engelures [...]. »

Mon lituanien étant resté en Turquie, j'étais obligé de voyager en poste[1]. Or, il advint que, nous trouvant engagés dans un chemin creux bordé de haies élevées, je dis au postillon de donner avec son cor un signal, afin d'empêcher une autre voiture de s'engager en même temps dans l'autre bout de chemin. Mon drôle obéit et souffla de toutes ses forces dans son cor, mais ses efforts furent vains : il ne put en tirer une note, ce qui était d'abord incompréhensible, et ensuite fort gênant, car nous ne tardâmes pas à voir arriver sur nous une voiture qui occupait toute la largeur de la route.

Je descendis aussitôt et commençai par dételer les chevaux ; puis je pris sur mes épaules la voiture avec ses quatre roues et ses bagages, et je sautai avec cette charge dans les champs, pardessus le talus[2] et la haie du bord, haute d'au moins neuf pieds, ce qui n'était pas une bagatelle[3], vu le poids du fardeau : au moyen d'un second saut, je reportai ma chaise de poste sur la route, au-delà de l'autre voiture. Cela fait, je revins vers les chevaux, j'en pris un sous chaque bras, et je les transportai par le même procédé auprès de la chaise ; après quoi nous attelâmes et nous atteignîmes sans encombre la station de poste.

J'ai oublié de vous dire que l'un de mes chevaux, qui était jeune et très fougueux, faillit me donner beaucoup de mal : car au moment où je franchissais pour la seconde fois la haie, il se mit à ruer et à remuer les jambes si violemment que je me trouvai un instant fort embarrassé. Mais je l'empêchai de continuer cette gymnastique en fourrant ses deux jambes de derrière dans les poches de mon habit.

Arrivés à l'auberge, le postillon accrocha son cor à un clou dans la cheminée, et nous nous mîmes à table.

---

1. ***Voyager en poste*** : voyager en voiture à cheval, en s'arrêtant aux relais de poste qui permettaient aux voyageurs de faire des étapes, de changer de chevaux, de se reposer.

2. ***Le talus*** : la butte.

3. ***Une bagatelle*** : une chose insignifiante.

Or, écoutez, Messieurs, ce qui arriva ! – *Tarata, tarata, tata, tata !* – voilà le cor qui se met à jouer tout seul. Nous ouvrons de grands yeux, en nous demandant ce que cela signifie. Imaginez-vous que les notes s'étaient gelées dans le cor, et que, la chaleur les dégelant peu à peu, elles sortaient claires et sonores, à la grande louange du postillon, car l'intéressant instrument nous fit pendant une demi-heure de l'excellente musique sans qu'il fût besoin de souffler dedans. Il nous joua d'abord la marche prussienne, puis *Sans amour et sans vin*, puis *Quand je suis triste*, et maintes chansons populaires, entre autres la ballade *Tout repose dans les bois*. Cette aventure fut la dernière de mon voyage en Russie.

Beaucoup de voyageurs ont l'habitude, en narrant leurs aventures, d'en raconter beaucoup plus long qu'ils n'en ont vu. Il n'est donc pas étonnant que les lecteurs et les auditeurs soient parfois enclins à l'incrédulité[1]. Toutefois, s'il était dans l'honorable société[2] quelqu'un qui fût porté à douter de la véracité de ce que j'avance, je serais extrêmement peiné de ce manque de confiance, et je l'avertirais qu'en ce cas ce qu'il a de mieux à faire c'est de se retirer avant que je commence le récit de mes aventures de mer qui sont plus extraordinaires encore, bien qu'elles ne soient pas moins authentiques.

1. ***Enclins à l'incrédulité*** : enclins au doute.
2. ***Dans l'honorable société*** : parmi les honorables auditeurs rassemblés pour écouter le baron.

6. Première aventure de mer

Le premier voyage que je fis dans ma vie, peu de temps avant celui de Russie dont je vous ai raconté les épisodes les plus remarquables, fut un voyage sur mer.

J'étais encore en procès avec les oies [1], comme avait coutume de me le répéter mon oncle le major – une fière moustache de colonel de hussards –, et l'on ne savait pas encore au juste si le duvet blanc qui parsemait mon menton serait chiendent [2] ou barbe, que déjà les voyages étaient mon unique poésie, la seule aspiration de mon cœur.

Mon père avait passé la plus grande partie de sa jeunesse à voyager, et il abrégeait les longues soirées d'hiver par le récit véridique de ses aventures. Aussi peut-on attribuer mon goût autant à la nature qu'à l'influence de l'exemple paternel. Bref, je saisissais toutes les occasions que je croyais devoir me fournir les moyens de satisfaire mon insatiable désir de voir le monde [3] ; mais tous mes efforts furent vains.

Si par hasard je parvenais à faire une petite brèche à la volonté de mon père, ma mère et ma tante n'en résistaient que

---

1. ***J'étais encore en procès avec les oies*** : cette expression signifie que le baron n'avait encore à l'époque qu'un duvet de barbe.

2. ***Chiendent*** : mauvaise herbe.

3. ***Toutes les occasions que je croyais devoir me fournir les moyens de satisfaire mon insatiable désir de voir le monde*** : toutes les occasions qui, je le pensais, me fourniraient les moyens de satisfaire mon grand désir de découvrir le monde.

plus opiniâtrement, et, en quelques instants, j'avais perdu les avantages que j'avais eu tant de peine à conquérir. Enfin le hasard voulut qu'un de mes parents maternels vînt nous faire une visite. Je fus bientôt son favori ; il me disait souvent que j'étais un gentil et joyeux garçon, et qu'il voulait faire tout son possible pour m'aider dans l'accomplissement de mon désir. Son éloquence fut plus persuasive que la mienne, et après un échange de représentations[1] et de répliques, d'objections et de réfutations, il fut décidé à mon extrême joie que je l'accompagnerais à Ceylan[2], où son oncle avait été gouverneur pendant plusieurs années.

Nous partîmes d'Amsterdam, chargés d'une mission importante de la part de Leurs Hautes Puissances les États de Hollande[3]. Notre voyage ne présenta rien de bien remarquable, à l'exception d'une terrible tempête, à laquelle je dois consacrer quelques mots, à cause des singulières conséquences qu'elle amena. Elle éclata juste au moment où nous étions à l'ancre[4] devant une île, pour faire de l'eau et du bois[5] : elle sévissait si furieuse, qu'elle déracina et souleva en l'air nombre d'arbres énormes. Bien que quelques-uns pesassent plusieurs centaines de quintaux[6], la hauteur prodigieuse à laquelle ils étaient enlevés les faisait paraître pas plus gros que ces petites plumes que l'on voit parfois voltiger dans l'air.

Cependant, dès que la tempête se fut apaisée, chaque arbre retomba juste à sa place, et reprit aussitôt racine, de sorte qu'il

1. ***Représentations*** : observations.

2. ***Ceylan*** : île de l'océan Indien, située au sud-est de l'Inde (actuel Sri Lanka).

3. ***Leurs Hautes Puissances les États de Hollande*** : nom donné à la République des sept Provinces-Unies des Pays-Bas entre 1581 et 1795.

4. ***Nous étions à l'ancre*** : nous avions jeté l'ancre.

5. ***Pour faire de l'eau et du bois*** : pour nous approvisionner en eau et en bois.

6. ***Quintaux*** : voir « quintal », « Les unités de mesure », p. 151.

ne resta pas la moindre trace des ravages causés par les éléments. Seul le plus gros de ces arbres fit exception. Au moment où il avait été arraché de terre par la violence de la tempête, un homme était occupé avec sa femme à y cueillir des concombres ; car, dans cette partie du monde, cet excellent fruit croît sur les arbres[1]. L'honnête couple accomplit aussi patiemment que le mouton de Blanchard[2] le voyage aérien ; mais par son poids il modifia la direction de l'arbre, qui retomba horizontalement sur le sol. Or, le très gracieux cacique[3] de l'île avait, ainsi que la plupart des habitants, abandonné sa demeure, par crainte d'être enseveli sous les ruines de son palais ; à la fin de l'ouragan il revenait chez lui en passant par son jardin, lorsque l'arbre tomba précisément en ce moment et, par bonheur, le tua net.

« Par bonheur, dites-vous ?

– Oui, oui, par bonheur ; car, messieurs, le cacique était, sauf votre respect, un abominable tyran, et les habitants de l'île, sans en excepter ses favoris et ses maîtresses, étaient les plus malheureuses créatures qu'on pût trouver sous la calotte des cieux[4]. Des masses d'approvisionnements pourrissaient dans ses magasins[5] et ses greniers, tandis que son peuple, à qui il les avait extorqués[6], mourait littéralement de faim. »

Son île n'avait rien à craindre de l'étranger : malgré cela il mettait la main sur tous les jeunes gens pour en faire des héros suivant l'ordonnance[7], et de temps en temps vendait sa collection[8] au

1. Le concombre est une plante rampante.
2. ***Jean-Pierre François Blanchard*** (1753-1809) : l'un des pionniers du voyage en ballon. Il expérimenta des parachutes pour animaux, dont un mouton.
3. ***Cacique*** : tyran, despote.
4. ***La calotte des cieux*** : le ciel, le firmament.
5. ***Ses magasins*** : ses entrepôts.
6. ***À qui il les avait extorqués*** : à qui il les avait confisqués par la force
7. ***Héros suivant l'ordonnance*** : héros attachés au service personnel du tyran.
8. ***Sa collection*** : désigne ici les jeunes hommes qu'il vend à ses voisins pour augmenter sa fortune.

voisin le plus offrant, pour ajouter de nouveaux millions de coquillages aux millions qu'il avait hérités de son père. On nous dit qu'il avait rapporté ce procédé inouï d'un voyage qu'il avait fait dans le Nord ; c'est là une assertion que, malgré tout notre patriotisme, nous n'essayâmes pas de réfuter ; quoique, chez ces insulaires [1], un voyage dans le Nord puisse signifier aussi bien un voyage aux Canaries [2] qu'une excursion au Groenland [3] ; mais nous avions plusieurs raisons de ne pas insister sur ce point.

En reconnaissance du grand service que ces cueilleurs de concombres avaient rendu à leurs compatriotes, on les plaça sur le trône laissé vacant par la mort du cacique. Il est vrai de dire que ces braves gens avaient dans leur voyage aérien vu le soleil de si près, que l'éclat de cette lumière leur avait pas mal obscurci les yeux, et quelque peu aussi l'intelligence ; mais ils n'en régnèrent que mieux, si bien que personne ne mangeait de concombres sans dire : « Dieu protège notre cacique ! »

Après avoir réparé notre bâtiment [4] qui n'avait pas peu souffert de la tourmente, et pris congé des nouveaux souverains, nous mîmes à la voile par un vent favorable, et, au bout de six semaines, nous fûmes à Ceylan.

Quinze jours environ après notre arrivée, le fils aîné du gouverneur me proposa d'aller à la chasse avec lui, ce que j'acceptai de grand cœur. Mon ami était grand et fort, habitué à la chaleur du climat ; mais moi, je ne tardai pas, quoique je ne me fusse pas beaucoup remué, à être si accablé, que, lorsque nous arrivâmes en forêt, je me trouvai en arrière de lui.

Je me disposai à m'asseoir, pour prendre quelque repos, au bord d'une rivière qui depuis quelque temps attirait mon attention, lorsqu'il se fit tout à coup un grand bruit derrière moi. Je

---

1. ***Insulaires*** : habitants des îles.
2. ***Canaries*** : îles de l'océan Atlantique, au large du Maroc.
3. ***Groenland*** : pays proche du pôle Nord.
4. ***Bâtiment*** : navire, vaisseau.

me retournai et restai comme pétrifié en apercevant un énorme lion qui se dirigeait sur moi, et me donnait à entendre qu'il désirait vivement déjeuner de ma pauvre personne, sans m'en demander la permission. Mon fusil était chargé à petit plomb. Je n'avais ni le temps ni la présence d'esprit nécessaires pour réfléchir longuement ; je résolus donc de faire feu sur la bête, sinon pour la blesser, du moins pour l'effrayer. Mais au moment où je le visai, l'animal devinant sans doute mes intentions, devint furieux et s'élança sur moi. Par instinct plutôt que par raisonnement, j'essayai une chose impossible, c'est-à-dire de fuir. Je me retourne et – j'en frissonne encore rien que d'y penser ! – je vois à quelques pas devant moi un monstrueux crocodile, qui ouvrait déjà formidablement sa gueule pour m'avaler.

Représentez-vous, messieurs, l'horreur de ma situation : par-derrière, le lion ; par-devant, le crocodile ; à gauche, une rivière rapide ; à droite, un précipice hanté, comme je l'appris plus tard, par des serpents venimeux !

Étourdi, stupéfié – Hercule[1] lui-même l'eût été dans une pareille circonstance –, je tombai à terre. La seule pensée qui occupait mon âme était l'attente du moment où je sentirais la pression des dents du lion furieux, ou bien l'étreinte des mâchoires du crocodile. Mais au bout de quelques secondes j'entendis un bruit violent et étrange, quoique je n'éprouvasse aucune douleur. Je lève doucement la tête et je vois, à ma grande joie, que le lion, emporté par l'élan qu'il avait pris pour se jeter sur moi, était tombé juste dans la gueule du crocodile. Sa tête avait pénétré jusque dans le gosier de l'autre bête, et il faisait de vains efforts pour se dégager. Je me relevai aussitôt, tirai mon coutelas[2], et d'un coup je tranchai la tête du lion, dont le corps

1. ***Hercule*** (ou Héraclès) : héros de la mythologie grecque célèbre pour ses Douze Travaux, qui apparaît sous la plume d'Homère notamment.
2. ***Coutelas*** : épée courte et large dont la lame ne possède qu'un tranchant.

« Sa tête avait pénétré jusque dans le gosier de l'autre bête [...]. »

vint rouler à mes pieds ; puis, avec la crosse de mon fusil, j'enfonçai sa tête aussi avant que je pus dans le gosier du crocodile, qui ne tarda pas à étouffer misérablement.

Quelques instants après que j'eus remporté cette éclatante victoire sur ces deux terribles ennemis, mon camarade arriva, inquiet de mon absence. Il me félicita chaudement, et nous mesurâmes le crocodile : il comptait quarante pieds de Paris et sept pouces [1] de long.

Dès que nous eûmes raconté cette aventure extraordinaire au gouverneur, il envoya un chariot avec des gens pour chercher les deux animaux. Un pelletier [2] de l'endroit me fit avec la peau du lion un certain nombre de blagues à tabac [3], dont je distribuai une partie à mes connaissances à Ceylan. Celles qui me restaient, j'en fis hommage plus tard aux bourgmestres [4] d'Amsterdam qui voulurent absolument me faire en retour un cadeau de mille ducats [5], que j'eus toutes les peines du monde à refuser.

La peau du crocodile fut empaillée suivant la méthode ordinaire et fait aujourd'hui le plus bel ornement du Muséum d'Amsterdam, dont le gardien raconte mon histoire à chaque visiteur. Je dois dire cependant qu'il y ajoute plusieurs détails de son invention, qui offensent gravement la vérité et la vraisemblance. Par exemple, il dit que le lion a traversé le crocodile dans toute sa longueur, et qu'au moment où il sortait par le côté opposé à celui par lequel il était entré, monsieur l'illustrissime baron – c'est ainsi qu'il a coutume de m'appeler – avait coupé, en lui tranchant la tête, trois pieds de queue au crocodile.

---

1. Voir « Les unités de mesure », p. 151.

2. ***Pelletier*** : artisan spécialisé dans le travail de la peau pour le cuir ou la fourrure.

3. ***Blagues à tabac*** : petits sacs dans lesquels les fumeurs placent leur tabac.

4. ***Bourgmestres*** : équivalent des maires en France.

5. ***Ducats*** : voir note 1, p. 15.

« Le crocodile, ajoute le drôle, profondément humilié de cette mutilation, se retourna, arracha le coutelas des mains de Monsieur le baron, et l'avala avec tant de fureurs, qu'il se le fit passer droit à travers le cœur, et en mourut instantanément. »

Je n'ai pas besoin de vous dire, messieurs, combien je suis peiné de l'impudence[1] de ce coquin. Dans le siècle de scepticisme où nous vivons, les gens qui ne me connaissent point pourraient être amenés, par suite de ces grossiers mensonges, à révoquer en doute la vérité de mes aventures réelles, chose qui lèse[2] gravement un homme d'honneur.

---

1. ***L'impudence*** : le culot.
2. ***Qui lèse gravement*** : qui fait beaucoup de tort.

7. Deuxième aventure de mer

En l'année 1776, je m'embarquai à Portsmouth[1] pour l'Amérique du Nord, sur un vaisseau de guerre anglais de premier rang, portant cent canons et quatorze cents hommes d'équipage. Je pourrais vous raconter ici différentes aventures qui m'arrivèrent en Angleterre, mais je les réserve pour une autre fois. Il en est une cependant que je veux mentionner. J'eus une fois le plaisir de voir passer le roi, se rendant en grande pompe au Parlement, dans sa voiture de gala. Le siège était occupé par un énorme cocher dans la barbe duquel se trouvaient très artistement découpées[2] les armes d'Angleterre, et, avec son fouet, il décrivait dans l'air, de la façon la plus intelligible, le signe suivant :

Dans notre traversée, il ne nous arriva rien d'extraordinaire. Le premier incident eut lieu à environ trois cents milles[3] du fleuve Saint-Laurent[4] : notre vaisseau heurta avec une violence extrême contre quelque chose qui nous sembla être un rocher.

1. ***Portsmouth*** : ville portuaire du sud de l'Angleterre.
2. ***Artistement*** : habilement.
3. ***Milles*** : voir « Les unités de mesure », p. 151.
4. ***Saint-Laurent*** : fleuve canadien.

Cependant, quand nous jetâmes la sonde[1], nous ne trouvâmes pas le fond à cinq cents brasses[2]. Ce qui rendait cet incident encore plus extraordinaire et plus incompréhensible, c'est que nous avions du coup perdu notre gouvernail ; notre beaupré[3] était cassé en deux, tous nos mâts s'étaient fendus dans la longueur, et deux s'étaient abattus sur le pont. Un pauvre diable de matelot, qui était occupé dans les agrès[4] à serrer la grand-voile, fut enlevé à plus de trois lieues du vaisseau avant de tomber à l'eau. Heureusement, pendant ce trajet, il eut la présence d'esprit de saisir au vol la queue d'une grue[5], ce qui non seulement diminua la rapidité de sa chute, mais encore lui permit de nager jusqu'au vaisseau en se prenant au cou de la bête.

Le choc avait été si violent que tout l'équipage qui se trouvait sur le pont fut lancé contre le tillac[6]. J'en eus, du coup, la tête renfoncée dans les épaules, et il fallut plusieurs mois avant qu'elle reprît sa position naturelle. Nous nous trouvions tous dans un état de stupéfaction et de trouble difficile à décrire, lorsque l'apparition d'une énorme baleine qui sommeillait sur la surface de l'océan vint nous donner l'explication de cet événement. Le monstre avait trouvé mauvais que notre vaisseau l'eût heurté, et s'était mis à donner de grands coups de queue sur nos bordages[7] ; dans sa colère, il avait saisi dans sa bouche la maîtresse ancre[8] qui se trouvait, suivant l'usage, suspendue à

1. ***La sonde*** : fil à plomb permettant de mesurer la profondeur des fonds marins.
2. ***Brasses*** : voir « Les unités de mesure », p. 151.
3. ***Beaupré*** : mât incliné vers l'avant à la proue d'un navire.
4. ***Les agrès*** : sur un bateau, tout ce qui permet de le manœuvrer, les voiles, les cordages, les poulies, etc.
5. ***Une grue*** : grand oiseau migrateur de la famille des échassiers (tout comme la cigogne ou le héron).
6. ***Tillac*** : plancher.
7. ***Nos bordages*** : les côtés de notre navire.
8. ***La maîtresse ancre*** : l'ancre principale.

l'arrière, et l'avait emportée en entraînant notre vaisseau sur un parcours de près de soixante milles, à raison de dix milles à l'heure.

Dieu sait où nous serions allés, si par bonheur le câble de notre ancre ne se fût rompu, de sorte que la baleine perdit notre vaisseau, et que nous, nous perdîmes notre ancre. Lorsque, plusieurs mois après, nous revînmes en Europe, nous retrouvâmes la même baleine presque à la même place : elle flottait morte, sur l'eau, et mesurait près d'un demi-mille de long. Nous ne pouvions prendre à bord qu'une petite partie de cette formidable bête : nous mîmes donc nos canots à la mer, et nous détachâmes à grand-peine la tête de la baleine : nous eûmes la satisfaction d'y retrouver non seulement notre ancre, mais encore quarante toises[1] de câble qui s'étaient logées dans une dent creuse, placée à la gauche de sa mâchoire inférieure.

Ce fut l'unique événement intéressant qui marqua notre retour. – Mais non ! j'en oubliais un qui faillit nous être fatal à tous. Lorsque, à notre premier voyage, nous fûmes entraînés par la baleine, notre vaisseau prit une voie d'eau[2] si large que toutes nos pompes n'eussent pu nous empêcher de couler bas en une demi-heure. Heureusement j'avais été le premier à m'apercevoir de l'accident : le trou mesurait au moins un pied de diamètre. J'essayai de le boucher par tous les moyens connus, mais en vain : enfin je parvins à sauver ce beau vaisseau et son nombreux équipage par la plus heureuse imagination du monde. Sans prendre le temps de retirer mes culottes[3], je m'assis intrépidement dans le trou ; l'ouverture eût-elle été beaucoup plus vaste, j'eusse encore réussi à la boucher ; vous ne vous en étonnerez pas, messieurs, quand je vous aurai dit que je descends, en lignes

1. ***Toises*** : voir « Les unités de mesure », p. 151.
2. ***Une voie d'eau*** : un trou dans la coque.
3. ***Mes culottes*** : mon pantalon.

paternelle et maternelle, de familles hollandaises, ou au moins westphaliennes[1]. À la vérité, ma position sur ce trou était assez humide, mais j'en fus bientôt tiré par les soins du charpentier.

1. ***Westphalie*** : région de l'ouest de l'Allemagne.

8. Troisième aventure de mer

Un jour, je fus en grand danger de périr dans la Méditerranée. Je me baignais par une belle après-midi d'été non loin de Marseille, lorsque je vis un grand poisson s'avancer vers moi, à toute vitesse, la gueule ouverte. Impossible de me sauver, je n'en avais ni le temps ni les moyens. Sans hésiter, je me fis aussi petit que possible ; je me pelotonnai en ramenant mes jambes et mes bras contre mon corps : dans cet état, je me glissai entre les mâchoires du monstre jusque dans son gosier. Arrivé là, je me trouvai plongé dans une obscurité complète, et dans une chaleur qui ne m'était pas désagréable. Ma présence dans son gosier le gênait singulièrement, et il n'aurait sans doute pas demandé mieux que de se débarrasser de moi : pour lui être plus insupportable encore, je me mis à marcher, à sauter, à danser, à me démener et à faire mille tours dans ma prison. La gigue[1] écossaise entre autres paraissait lui être particulièrement désagréable : il poussait des cris lamentables, se dressait parfois tout debout en sortant de l'eau à mi-corps. Il fut surpris dans cet exercice par un bateau italien qui accourut, le harponna, et eut raison de lui au bout de quelques minutes. Dès qu'on l'eut amené à bord, j'entendis l'équipage qui se concertait sur les moyens de le dépecer de façon à en tirer le plus d'huile possible. Comme je comprenais l'italien, je fus pris d'une grande frayeur, craignant d'être découpé en compagnie de l'animal. Pour me mettre à l'abri de leurs couteaux,

1. ***Gigue*** : danse traditionnelle rapide.

j'allai me placer au centre de l'estomac, où douze hommes eussent pu tenir aisément ; je supposais qu'ils attaqueraient l'ouvrage par les extrémités. Mais je fus bientôt rassuré, car ils commencèrent par ouvrir le ventre. Dès que je vis poindre un filet de jour, je me mis à crier à plein gosier combien il m'était agréable de voir ces messieurs et d'être tiré par eux dans une position où je n'eusse pas tardé à être étouffé.

Je ne pourrais vous décrire la stupéfaction qui se peignit sur tous les visages lorsqu'ils entendirent une voix humaine sortir des entrailles[1] du poisson ; leur étonnement ne fit que s'accroître quand ils en virent émerger un homme complètement nu. Bref, messieurs, je leur racontai l'aventure telle que je vous l'ai rapportée ; ils en rirent à en mourir.

Après avoir pris quelque rafraîchissement, je me jetai à l'eau pour me laver et je nageai vers la plage, où je retrouvai mes habits à la place où je les avais laissés. Si je ne me trompe dans mon calcul, j'étais resté emprisonné environ trois quarts d'heure dans le corps de ce monstre.

---

1. ***Des entrailles*** : du ventre.

« Ils en virent émerger un homme complètement nu. »

9. Quatrième aventure de mer

Lorsque j'étais encore au service de la Turquie, je m'amusais souvent à me promener sur mon yacht de plaisance dans la mer de Marmara [1], d'où l'on jouit d'un coup d'œil admirable sur Constantinople [2] et sur le sérail du Grand Seigneur [3]. Un matin, que je contemplais la beauté et la sérénité du ciel, j'aperçus dans l'air un objet rond, gros à peu près comme une boule de billard, et au-dessous duquel paraissait pendre quelque chose. Je saisis aussitôt la meilleure et la plus longue de mes carabines, sans lesquelles je ne sors ni ne voyage jamais ; je la chargeai à balle, et je tirai sur l'objet rond, mais je ne l'atteignis pas. Je mis alors double charge : je ne fus pas plus heureux. Enfin, au troisième coup, je lui envoyai quatre ou cinq balles qui lui firent un trou dans le côté et l'amenèrent [4].

Représentez-vous mon étonnement quand je vis tomber, à deux toises à peine de mon bateau, un petit chariot doré, suspendu à un énorme ballon, plus grand que la plus grosse coupole [5]. Dans le chariot se trouvait un homme avec une moitié de

---

1. ***Mer de Marmara*** : mer située entre la Méditerranée et la mer Noire.

2. ***Constantinople*** : capitale de l'Empire ottoman, la ville est aujourd'hui nommée Istanbul (Turquie).

3. ***Le sérail du Grand Seigneur*** : le palais du sultan.

4. ***L'amenèrent*** : le rapprochèrent de nous.

5. ***La plus grosse coupole*** : la plus grande voûte d'un dôme (d'une église par exemple).

« J'aperçus dans l'air un objet rond, gros à peu près comme une boule de billard [...]. »

mouton rôti[1]. Revenu de ma première surprise, je formai avec mes gens un cercle autour de ce singulier groupe.

L'homme, qui me sembla un Français et qui l'était en effet, portait à la poche de son gilet un couple de belles montres avec des breloques[2], sur lesquelles étaient peints des portraits de grands seigneurs et de grandes dames. À chacune de ses boutonnières était fixée une médaille d'or d'au moins cent ducats, et à chacun de ses doigts brillait une bague précieuse garnie de diamants. Les sacs d'or dont regorgeaient ses poches faisaient traîner jusqu'à terre les basques de son habit.

« Mon Dieu ! pensai-je, cet homme doit avoir rendu des services extraordinaires à l'humanité pour que, par la ladrerie[3] qui court, les grands personnages l'aient accablé de tant de cadeaux. » La rapidité de la chute l'avait tellement étourdi, qu'il fut quelque temps avant de pouvoir parler. Il finit cependant par se remettre et raconta ce qui suit :

« Je n'ai pas eu, il est vrai, assez de tête, ni assez de science[4] pour imaginer cette façon de voyager ; mais j'ai eu le premier l'idée de m'en servir pour humilier les danseurs de corde et sauteurs ordinaires, et m'élever plus haut qu'eux. Il y a sept ou huit jours – je ne sais au juste, car j'ai perdu la notion du temps –, je fis une ascension à la pointe de Cornouailles[5], en Angleterre, emportant un mouton, afin de le lancer de haut en bas pour divertir les spectateurs. Malheureusement le vent tourna dix minutes environ après mon départ, et au lieu de me mener du côté d'Exeter[6], où je comptais descendre, il me poussa vers la

---

1. Il semble qu'il s'agisse ici d'une nouvelle allusion à Blanchard (voir note 2, p. 73).

2. ***Breloques*** : bijoux attachés aux chaînes de montres.

3. ***La ladrerie*** : l'avarice.

4. ***Assez de tête, ni assez de science*** : assez d'esprit, ni assez de savoir.

5. ***Cornouailles*** : voir note 5, p. 10.

6. ***Exeter*** : ville du comté de Devon, en Cornouailles.

mer, au-dessus de laquelle j'ai flotté longtemps à une hauteur incommensurable.

«Je m'applaudis alors de ne pas avoir fait mon tour avec mon mouton ; car, le troisième jour, la faim m'obligea à tuer la pauvre bête. Comme j'avais dépassé depuis longtemps la lune, et qu'au bout de soixante-dix heures j'étais arrivé si près du soleil que les sourcils m'en avaient brûlé, je plaçai le mouton, préalablement écorché, du côté où le soleil donnait avec plus de force, si bien qu'en trois quarts d'heure il fut convenablement rôti : c'est de cela que j'ai vécu pendant tout mon voyage.

«La cause de ma longue course[1] doit être attribuée à la rupture d'une corde qui communiquait à une soupape[2] placée à la partie inférieure de mon ballon et destinée à laisser échapper l'air inflammable. Si vous n'aviez pas tiré sur mon ballon et ne l'aviez pas crevé, j'aurais pu rester, comme Mahomet, suspendu entre ciel et terre jusqu'au Jugement dernier[3].»

Il fit généreusement cadeau de son chariot à mon pilote[4] qui était au gouvernail, et jeta à la mer le reste de son mouton. Quant au ballon, déjà endommagé par mes balles, la chute avait achevé de le mettre en pièces.

---

1. ***Ma longue course*** : mon long parcours.
2. ***Une soupape*** : ici, sorte de couvercle mobile permettant de laisser passer l'air que l'on fait brûler pour faire s'élever le ballon.
3. Une ancienne croyance occidentale voulait que le tombeau de Mahomet à Médine demeurât suspendu en l'air au moyen d'aimants.
4. ***Pilote*** : celui qui manœuvre, guide le navire.

10. Cinquième aventure de mer

Puisque nous avons le temps, messieurs, de vider encore une bouteille de vin frais, je vais vous raconter une histoire fort singulière qui m'arriva peu de mois avant mon retour en Europe.

Le Grand Seigneur, auquel j'avais été présenté par les ambassadeurs de LL. MM[1]. les empereurs de Russie et d'Autriche, ainsi que par celui du roi de France, m'envoya au Caire[2] pour une mission de la plus haute importance et qui devait être accomplie de manière à rester éternellement secrète.

Je me mis en route en grande pompe[3] et accompagné d'une nombreuse suite. En chemin, j'eus l'occasion d'augmenter ma domesticité de quelques sujets fort intéressants : me trouvant à quelques milles à peine de Constantinople, j'aperçus un homme grêle et maigre[4] qui courait en droite ligne à travers champs, avec une extrême rapidité, quoiqu'il portât attachée à chaque pied une masse de plomb pesant au moins cinquante livres[5]. Saisi d'étonnement, je l'appelai et lui dis :

« Où vas-tu si vite, mon ami, et pourquoi t'alourdir d'un tel poids ?

– J'ai quitté Vienne il y a une demi-heure, me répondit-il ; j'y étais domestique chez un grand seigneur qui vient de me donner

1. ***LL. MM.*** : abréviation pour « Leurs Majestés ».
2. ***Le Caire*** : ville d'Égypte.
3. ***En grande pompe*** : avec solennité et faste.
4. ***Grêle*** : très mince.
5. ***Livres*** : voir « Les unités de mesure », p. 151.

mon congé[1]. N'ayant plus besoin de ma célérité[2], je l'ai modérée au moyen de ces poids ; car la modération fait la durée, comme avait coutume de le dire mon précepteur[3]. »

Ce garçon me plaisait assez. Je lui demandai s'il voulait entrer à mon service, et il accepta aussitôt. Nous nous remîmes en route, et traversâmes beaucoup de villes, parcourûmes beaucoup de pays.

En chemin, j'avisai, non loin de la route, un individu étendu immobile sur une pelouse : on eût dit qu'il dormait. Il n'en était rien cependant, car il tenait son oreille collée contre terre, comme s'il eût voulu écouter parler les habitants du monde souterrain.

« Qu'écoutes-tu donc ainsi, mon ami ? lui criai-je.

– J'écoute pousser l'herbe, pour passer le temps, répliqua-t-il.

– Et tu l'entends pousser ?

– Oh ! bagatelle que cela.

– Entre donc à mon service, mon ami ; qui sait s'il ne fait pas bon parfois avoir l'oreille fine ? »

Mon drôle se releva et me suivit. Non loin de là, je vis sur une colline un chasseur qui ajustait son fusil et qui tirait dans le bleu du ciel.

« Bonne chance ! bonne chance, chasseur ! lui criai-je ; mais sur quoi tires-tu ? Je ne vois rien que le bleu du ciel.

– Oh ! répondit-il, j'essaye cette carabine qui me vient de chez Kuchenreicher[4], de Ratisbonne[5]. Il y avait là-bas, sur la flèche de Strasbourg, un moineau que je viens d'abattre. »

Ceux qui connaissent ma passion pour les nobles plaisirs de la chasse ne s'étonneront pas si je leur dis que je sautai au cou de cet excellent tireur. Je n'épargnai rien pour le prendre à mon service : cela va de soi.

---

1. ***Me donner mon congé*** : me renvoyer.

2. ***Célérité*** : rapidité.

3. ***Mon précepteur*** : la personne chargée de m'instruire.

4. Nom vraisemblablement inventé par Münchhausen.

5. ***Ratisbonne*** : ville du sud-est de l'Allemagne.

Nous poursuivîmes notre voyage et nous atteignîmes enfin le mont Liban[1]. Là nous trouvâmes, devant une grande forêt de cèdres, un homme court et trapu, attelé à une corde qui enveloppait toute la forêt.

« Qu'est-ce que tu tires là, mon ami ? demandai-je à ce drôle.

– J'étais venu pour couper du bois de construction, et, comme j'ai oublié ma hache à la maison, je tâche de me tirer du mieux que je puis. »

En disant cela, il abattit d'un seul coup toute la forêt, qui mesurait bien un mille carré, comme si c'eût été un bouquet de roseaux. Vous devinez facilement ce que je fis. J'eusse sacrifié mon traitement[2] d'ambassadeur, plutôt que de laisser échapper ce gaillard-là.

Au moment où nous mîmes le pied sur le territoire égyptien, il s'éleva un ouragan si formidable que j'eus un instant peur d'être renversé avec mes équipages, mes gens et mes chevaux, et d'être emporté dans les airs. À gauche de la route il y avait une file de sept moulins dont les ailes tournaient aussi vite que le rouet[3] de la plus active fileuse[4]. Non loin de là se trouvait un personnage d'une corpulence digne de John Falstaff[5], et qui tenait son index appuyé sur sa narine droite. Dès qu'il eut aperçu notre détresse et vu comme nous nous débattions misérablement dans l'ouragan, il se tourna vers nous, et tira respectueusement son chapeau avec le geste d'un mousquetaire qui se découvre devant son colonel. Le vent était tombé comme par enchantement, et les sept moulins restaient immobiles. Fort surpris de cette circonstance qui ne me semblait pas naturelle, je criai à l'homme :

---

1. ***Mont Liban*** : chaîne de montagnes au Liban et en Syrie.

2. ***Traitement*** : salaire.

3. ***Rouet*** : machine à roue servant à faire du fil à partir de laine tondue.

4. ***Fileuse*** : femme dont le métier est de filer, de faire du fil.

5. ***John Falstaff*** : personnage de Shakespeare (il apparaît dans les deux parties de *Henri IV* et dans *Les Joyeuses Commères de Windsor*), célèbre pour son embonpoint.

« Hé ! drôle ! qu'est-ce là ? As-tu le diable au corps, ou es-tu le diable en personne ?

– Pardonnez-moi, Excellence, répondit-il ; je fais un peu de vent pour mon maître le meunier ; de peur de faire tourner ses moulins trop fort, je m'étais bouché une narine. »

« Parbleu, me dis-je à moi-même, voilà un précieux sujet : ce gaillard-là te servira merveilleusement, lorsque, de retour chez toi, l'haleine te manquera [1] pour raconter les aventures extraordinaires qui te seront arrivées dans tes voyages. »

Nous eûmes bientôt conclu notre marché. Le souffleur quitta ses moulins et me suivit.

Il était temps que nous arrivassions au Caire. Dès que j'y eus accompli ma mission selon mes désirs, je résolus de me défaire de ma suite, maintenant inutile, à l'exception de mes nouvelles acquisitions, et de m'en retourner seul avec ces derniers, en simple particulier [2]. Comme le temps était magnifique et le Nil plus admirable qu'on ne peut le dire, j'eus la fantaisie de louer une barque et de remonter jusqu'à Alexandrie [3]. Tout alla pour le mieux jusqu'au milieu du troisième jour.

Vous avez sans doute entendu parler, messieurs, des inondations annuelles du Nil. Le troisième jour, comme je viens de vous le dire, le Nil commença à monter avec une extrême rapidité, et le lendemain toute la campagne était inondée sur plusieurs milles de chaque côté. Le cinquième jour, après le coucher du soleil, ma barque s'embarrassa dans quelque chose que je pris pour des roseaux. Mais le lendemain matin, quand il fit jour, nous nous trouvâmes entourés d'amandiers chargés de fruits parfaitement mûrs et excellents à manger. La sonde nous indiqua soixante pieds au-dessus du fond : il n'y avait moyen ni de reculer, ni

1. ***Haleine*** : souffle.
2. ***En simple particulier*** : comme simple citoyen, sans escorte.
3. ***Alexandrie*** : ville du nord de l'Égypte qui eut une importance culturelle et politique considérable pendant l'Antiquité.

d'avancer. Vers huit ou neuf heures, autant que j'en pus juger d'après la hauteur du soleil, il survint une rafale qui coucha notre bateau sur le côté : il embarqua une masse d'eau et coula presque immédiatement.

Heureusement nous réussîmes à nous sauver tous – nous étions huit hommes et deux enfants – en nous accrochant aux arbres dont les branches, assez fortes pour nous soutenir, ne l'étaient pas assez pour supporter notre barque. Nous restâmes trois jours dans cette position, vivant exclusivement d'amandes ; je n'ai pas besoin de vous dire que nous avions en abondance de quoi apaiser notre soif. Vingt-trois jours après notre accident, l'eau commença à baisser avec autant de rapidité qu'elle avait monté, et le vingt-sixième jour nous pûmes mettre pied à terre. Le premier objet qui frappa nos yeux fut notre barque. Elle gisait environ à deux cents toises de l'endroit où elle avait coulé bas. Après avoir fait sécher au soleil nos affaires qui en avaient grand besoin, nous prîmes dans les provisions de la barque ce qui nous était nécessaire, et nous nous remîmes en marche pour retrouver notre route. D'après les calculs les plus exacts, je comptai que nous avions été entraînés dans les terres à plus de cinquante milles hors de notre chemin. Au bout de sept jours nous atteignîmes le fleuve qui était rentré dans son lit, et racontâmes notre aventure à un bey[1]. Il pourvut à tous nos besoins avec une extrême courtoisie, et mit sa propre barque à notre disposition. Six journées de voyage nous amenèrent à Alexandrie, où nous nous embarquâmes pour Constantinople. Je fus reçu avec une distinction particulièrement gracieuse par le Grand Seigneur, et j'eus l'honneur de voir le harem où Sa Hautesse me conduisit elle-même et me permit de choisir autant de dames que je voudrais, sans en excepter ses favorites.

---

1. ***Bey*** : chef turc.

N'ayant pas coutume de me vanter de mes aventures galantes, je termine ici ma narration, en vous souhaitant à tous une bonne nuit.

11. Sixième aventure de mer

Ayant terminé le récit de son voyage en Égypte, le baron se disposa à aller se coucher, juste au moment où l'attention légèrement fatiguée de son auditoire se réveillait à ce mot de *harem*. On aurait bien voulu avoir des détails sur cette partie de ses aventures, mais le baron fut inflexible[1] ; cependant, pour satisfaire aux bruyantes insistances de ses amis, il consentit à leur raconter quelques traits de ses singuliers domestiques, et continua en ces termes :

Depuis mon retour d'Égypte, je faisais la pluie et le beau temps chez le Grand Seigneur. Sa Hautesse ne pouvait vivre sans moi, et me priait tous les jours à souper et à dîner chez lui. Je dois avouer, messieurs, que l'empereur des Turcs est de tous les potentats[2] du monde celui qui fait la meilleure chère[3], quant au manger du moins ; car, pour ce qui est de la boisson, vous savez que Mahomet interdit le vin à ses fidèles. Il ne faut donc pas songer à boire un bon verre de ce liquide quand on dîne chez un Turc. Mais pour ne pas se pratiquer ouvertement, la chose n'en a pas moins lieu fréquemment en secret ; et en dépit du Coran, plus d'un Turc s'entend aussi bien qu'aucun prélat[4] allemand à vider une bouteille. C'était le cas de Sa Hautesse.

---

1. ***Inflexible*** : qui ne change pas d'avis.
2. ***Potentats*** : tyrans.
3. ***Qui fait la meilleure chère*** : ici, qui vit le plus joyeusement.
4. ***Prélat*** : prêtre.

À ces dîners auxquels assistait habituellement le surintendant général, c'est-à-dire le mufti[1] *in partem salarii*[2] qui disait le *Benedicite* et les *Grâces*[3] au commencement et à la fin du repas, il n'était point question de vin. Mais lorsqu'on se levait de table, un bon petit flacon attendait Sa Hautesse dans son cabinet[4]. Un jour le Grand Seigneur me fit signe de l'y suivre. Lorsque nous nous y fûmes enfermés, il tira une bouteille d'une armoire et me dit :

« Münchhausen, je sais que vous autres chrétiens vous vous connaissez en bon vin. Voici une bouteille de tokay[5], la seule que je possède, et je suis sûr que de votre vie vous n'en avez goûté de meilleur. »

Sur quoi Sa Hautesse remplit son verre et le mien : nous trinquâmes, et nous bûmes. « Hein ! reprit-il, que dites-vous de celui-là ? C'est du superfin[6], cela !

– Ce petit vin est bon, répondis-je. Mais, avec la permission de Votre Hautesse, je dois lui dire que j'en ai bu de bien meilleurs à Vienne, chez l'auguste empereur Charles VI[7]. Mille tonnerres ! je voudrais que vous l'eussiez goûté !

– Cher Münchhausen, répliqua-t-il, je ne veux pas vous blesser ; mais je crois qu'il est impossible de trouver de meilleur tokay : je tiens cette unique bouteille d'un seigneur hongrois qui en faisait le plus grand cas.

– Plaisanteries que tout cela, monseigneur ! Il y a tokay et tokay ! Messieurs les Hongrois d'ailleurs ne brillent pas par la

1. ***Mufti*** : religieux musulman.
2. Cette expression peut signifier « rétribué en partie sous forme de repas », avec l'honneur de partager la table du sultan.
3. Le Benedicite et les Grâces sont des prières chrétiennes.
4. ***Cabinet*** : ici, petite pièce privée, à l'écart.
5. ***Tokay*** : vin blanc hongrois très renommé.
6. ***C'est du superfin, cela !*** : c'est du vin de la meilleure qualité.
7. ***Charles VI*** ou ***Charles III de Habsbourg*** (1685-1740) : empereur germanique, également roi de Hongrie à partir de 1711 et de Sicile à partir de 1714.

générosité. Combien pariez-vous que d'ici à une heure je vous procure une bouteille de tokay, tirée de la cave impériale de Vienne, et qui aura une tout autre figure que celle-ci ?

– Münchhausen, je crois que vous extravaguez[1].

– Je n'extravague point : dans une heure je vous apporte une bouteille de tokay prise dans la cave des empereurs d'Autriche, et d'un tout autre numéro que cette piquette-là[2].

– Münchhausen ! Münchhausen ! vous voulez vous moquer de moi, cela ne me plaît point. Je vous ai toujours connu pour un homme raisonnable et véridique, mais vraiment je suis tenté de croire que vous battez la campagne[3].

– Eh bien ! que Votre Hautesse accepte le pari. Si je ne remplis mon engagement – et vous savez que je suis ennemi juré des hâbleries[4] –, Votre Hautesse sera libre de me faire couper la tête : et ma tête n'est pas une citrouille ! Voilà mon enjeu, quel est le vôtre ?

– Tope ! j'accepte, dit l'empereur. Si au coup de quatre heures la bouteille n'est pas là, je vous ferai couper la tête sans miséricorde[5] : car je n'ai pas l'habitude de me laisser jouer, même par mes meilleurs amis. Par contre, si vous accomplissez votre promesse, vous pourrez prendre dans mon trésor autant d'or, d'argent, de perles et de pierres précieuses que l'homme le plus fort en pourra porter.

– Voilà qui est parlé », répondis-je.

Je demandai une plume et de l'encre, et j'écrivis à l'impératrice-reine Marie-Thérèse[6] le billet[7] suivant :

---

1. ***Vous extravaguez*** : vous délirez.
2. ***Piquette*** : vin de mauvaise qualité.
3. ***Vous battez la campagne*** : vous perdez la tête.
4. ***Hâbleries*** : exploits inventés, mensonges pour impressionner.
5. ***Miséricorde*** : pitié.
6. ***Marie-Thérèse d'Autriche*** (1717-1780) : fille de Charles VI, également reine de Hongrie à partir de 1740.
7. ***Le billet*** : la courte lettre.

« Votre Majesté a sans doute, en sa qualité d'héritière universelle de l'empire[1], hérité de la cave de son illustre père. Oserai-je la supplier de remettre au porteur une bouteille de ce tokay dont j'ai bu si souvent avec feu son père ? Mais du meilleur, car il s'agit d'un pari ! Je saisis cette occasion pour assurer Votre Majesté du profond respect avec lequel j'ai l'honneur d'être, etc., etc. »

« Baron de MÜNCHHAUSEN. »

Comme il était déjà trois heures et cinq minutes, je remis ce billet sans le cacheter à mon coureur, qui détacha ses poids et se mit immédiatement en route pour Vienne.

Cela fait, nous bûmes, le Grand Seigneur et moi, le reste de la bouteille, en attendant celle de Marie-Thérèse. Trois heures un quart sonnèrent, trois heures et demie, quatre heures moins un quart, et le coureur ne revenait pas. J'avoue que je commençais à être assez mal à mon aise, d'autant plus que je voyais Sa Hautesse diriger de temps en temps les yeux sur le cordon de la sonnette, pour appeler le bourreau. Il m'accorda cependant la permission de descendre dans le jardin pour prendre un peu l'air, escorté toutefois de deux muets qui ne me perdaient pas de vue. L'aiguille marquait la cinquante-cinquième minute après trois heures : j'étais dans une angoisse mortelle – c'était le cas de le dire. J'envoyai chercher immédiatement mon écouteur et mon tireur. Ils arrivèrent aussitôt ; mon écouteur se coucha à terre pour entendre si mon coureur ne venait pas : à mon grand désespoir, il m'annonça que le drôle se trouvait fort loin de là profondément endormi et ronflant de tous ses poumons. À peine mon brave tireur eut-il appris cela, qu'il courut sur une terrasse élevée, et, se dressant sur ses pointes pour mieux voir, s'écria : « Sur mon âme ! je le vois, le paresseux : il est couché au pied d'un chêne, aux environs de Belgrade, avec la bouteille à côté de lui. Attendez, je vais le chatouiller un peu. » En même temps il ajusta sa

1. ***Héritière universelle de l'empire*** : qui a hérité de la totalité des biens de l'empire, en plus du pouvoir.

carabine, et envoya la charge en plein dans le feuillage de l'arbre. Une grêle de glands, de branches et de feuilles s'abattit sur le dormeur ; craignant d'avoir reposé trop longtemps, il reprit sa course avec une telle rapidité qu'il arriva au cabinet de sultan avec la bouteille de tokay et un billet autographe de Marie-Thérèse, à trois heures cinquante-neuf minutes et demie.

Saisissant aussitôt la bouteille, le noble gourmet se mit à la déguster avec une indicible volupté[1].

« Münchhausen, me dit-il, vous ne trouverez point mauvais que je garde ce flacon pour moi tout seul. Vous avez à Vienne plus de crédit[2] que moi, et vous êtes plus à même d'en obtenir un second. »

Là-dessus, il enferma la bouteille dans son armoire, mit la clef dans la poche de son pantalon, et sonna son trésorier. Quel ravissant tintement ! « Il faut maintenant que je paye ma gageure[3], reprit-il. Écoute, dit-il au trésorier, tu laisseras mon ami Münchhausen prendre dans mon trésor autant d'or, de perles et de pierres précieuses que l'homme le plus fort en pourra porter ? Va ! »

Le trésorier s'inclina le nez jusqu'à terre devant son maître, qui me serra cordialement la main et nous congédia[4] tous deux.

Vous pensez bien que je ne tardai pas une seconde à faire exécuter l'ordre que le sultan avait donné en ma faveur ; j'envoyai chercher mon homme fort qui apporta sa grosse corde de chanvre[5], et me rendis au trésor. Je vous assure que lorsque j'en sortis avec mon serviteur, il n'y restait plus grand-chose. Je courus incontinent[6] avec mon butin au port où j'affrétai le plus grand

---

1. ***Avec une indicible volupté*** : avec un plaisir indescriptible.
2. ***Plus de crédit*** : plus d'influence.
3. ***Gageure*** : somme promise.
4. ***Congédia*** : renvoya.
5. ***Chanvre*** : plante dont les fibres très solides servaient à faire des cordes ou des tissus résistants.
6. ***Incontinent*** : immédiatement.

bâtiment que je pus trouver, et je fis lever l'ancre afin de mettre mon trésor en sûreté avant qu'il ne me survînt quelque désagrément.

Ce que je craignais ne manqua pas d'arriver. Le trésorier, laissant ouverte la porte du trésor – il était assez superflu de la refermer –, s'était rendu en toute hâte chez le Grand Seigneur, et lui avait annoncé de quelle façon j'avais profité de sa libéralité[1]. Sa Hautesse en était restée tout abasourdie, et s'était prise à se repentir de[2] sa précipitation. Elle avait ordonné au grand amiral de me poursuivre avec toute sa flotte, et de me faire comprendre qu'elle n'avait point entendu la gageure de cette façon. Je n'avais que deux milles[3] d'avance, et lorsque je vis la flotte de guerre turque courir sur moi toutes voiles dehors, j'avoue que ma tête, qui commençait à se raffermir sur mes épaules, se remit à branler[4] plus fort que jamais. Mais mon souffleur était là.

« Que Votre Excellence soit sans inquiétude », me dit-il.

Il se posta à l'arrière du bâtiment, de façon à avoir une de ses narines dirigée sur la flotte turque et l'autre sur nos voiles ; puis il se mit à souffler avec une telle violence que la flotte fut refoulée dans le port avec bris de mâts, de cordages et d'agrès[5], et qu'en même temps mon navire atteignit en quelques heures les côtes d'Italie.

Je ne tirai cependant pas grand profit de mon trésor. Car, malgré les affirmations contraires de M. le bibliothécaire Jagemann[6] de Weimar, la mendicité est si grande en Italie et la police

1. ***Sa libéralité*** : sa générosité.
2. ***Se repentir de*** : regretter.
3. ***Milles*** : voir « Les unités de mesure », p. 151.
4. ***Branler*** : trembler.
5. ***Avec bris de mâts, de cordages et d'agrès*** : et les mâts, les cordages et les agrès furent brisés.
6. ***Christian Joseph Jagemann*** (1735-1804) : lexicographe et auteur allemand d'ouvrages d'esthétique, de géographie et d'histoire, d'anthologies et de traductions de l'italien.

si mal faite, que je dus distribuer en aumônes la plus grande partie de mon bien. Le reste me fut pris par des voleurs de grand chemin, aux environs de Rome, sur le territoire de Lorette. Ces drôles ne se firent aucun scrupule de me dépouiller ainsi, car la millième partie de ce qu'ils me volèrent eût suffi à acheter à Rome une indulgence plénière [1] pour toute la compagnie et ses descendants et arrière-descendants.

Mais voici, messieurs, l'heure où j'ai l'habitude de m'aller coucher. Ainsi donc, bonne nuit !

---

1. ***Indulgences plénières*** : voir note 2, p. 22.

12. Septième aventure de mer. Récits authentiques d'un partisan qui prit la parole en l'absence du baron

Après avoir raconté l'aventure qui précède, le baron se retira, laissant la société en belle humeur ; en sortant, il promit de donner à la première occasion les aventures de son père, jointes à d'autres anecdotes des plus merveilleuses.

Comme chacun disait son mot sur les récits du baron, une des personnes de la société, qui l'avait accompagné dans son voyage en Turquie, rapporta qu'il existait non loin de Constantinople une pièce de canon énorme, dont le baron Tott[1] a fait mention dans ses *Mémoires*. Voici à peu près, autant que je m'en souviens, ce qu'il en dit :

« Les Turcs avaient posé sur la citadelle, non loin de la ville, au bord du célèbre fleuve le Simoïs[2], un formidable canon. Il était coulé en bronze, et lançait des boulets de marbre d'au moins onze cents livres. J'avais grand désir de tirer ce canon, dit le baron Tott, pour juger de son effet. Toute l'armée tremblait à

1. ***François de Tott*** (1733-193) : militaire et diplomate français d'origine hongroise. Il travailla notamment à l'ambassade de France de Constantinople et fut consul de France en Crimée. Il publia en 1784 des *Mémoires sur les Turcs et les Tartares* qui eurent un grand retentissement en Europe. Le texte cité ne semble pas renvoyer à un passage précis des *Mémoires*.

2. ***Simoïs*** : dans la mythologie grecque, le Simoïs est un dieu fleuve, fils de Thétys, déesse marine, et du dieu Océan.

la pensée de cet acte audacieux, car on tenait pour certain que la commotion[1] ferait crouler la citadelle et la ville entière. J'obtins cependant la permission que je demandais. Il ne fallut pas moins de trois cent trente livres de poudre pour charger la pièce ; le boulet que j'y mis pesait, comme je l'ai dit plus haut, onze cents livres. Au moment où le canonnier approcha la mèche, les curieux qui m'entouraient se reculèrent à une distance respectueuse. J'eus toutes les peines du monde à persuader au pacha[2], qui assistait à l'expérience, qu'il n'y avait rien à redouter. Le canonnier lui-même, qui devait sur mon signal mettre le feu à la pièce, était extrêmement ému[3]. Je me postai derrière la place, dans un réduit ; je donnai le signal, et au même instant je ressentis une secousse pareille à celle que produirait un tremblement de terre. À environ trois cents toises le boulet éclata en trois morceaux qui volèrent par-dessus le détroit, refoulèrent les eaux sur la rive, et couvrirent d'écume le canal, tout large qu'il était. »

Tels sont, messieurs, si ma mémoire me sert bien, les détails que donne le baron Tott sur le plus grand canon qu'il y ait eu au monde. Lorsque je visitai ce pays avec le baron de Münchhausen, l'histoire du baron Tott était encore citée comme un exemple de courage et de sang-froid.

Mon protecteur, qui ne pouvait supporter qu'un Français fît plus et mieux que lui, prit le canon sur son épaule et, après l'avoir placé bien en équilibre, sauta droit dans la mer, et nagea jusqu'à l'autre bord du canal. Malheureusement il eut la fâcheuse idée de lancer le canon dans la citadelle et de le renvoyer à sa première place : je dis malheureusement, parce qu'il lui glissa de la main au moment où il le balançait pour le jeter : de sorte que la pièce tomba dans le canal, où elle repose encore et où elle reposera probablement jusqu'au jour du Jugement dernier[4].

---

1. ***La commotion*** : le choc de l'explosion.

2. ***Pacha*** : gouverneur de province, dans l'Empire ottoman.

3. ***Ému*** : troublé.

4. ***Jour du Jugement dernier*** : dans la foi chrétienne, moment où, à la fin du monde, aura lieu le jugement des vivants et des morts.

Ce fut cette affaire, messieurs, qui brouilla complètement le baron avec le Grand Seigneur. L'histoire du trésor était depuis longtemps oubliée, car le sultan possédait assez de revenus pour remplir à nouveau sa caisse, et c'était sur une invitation directe du Grand Seigneur que le baron se trouvait en ce moment en Turquie. Il y serait probablement encore si la perte de cette célèbre pièce de canon n'avait mécontenté le souverain à ce point qu'il donna l'ordre irrévocable de trancher la tête au baron.

Mais une certaine sultane, qui avait pris mon maître en grande amitié, l'avertit de cette sanguinaire résolution : bien plus, elle le tint caché dans sa chambre, tandis que l'officier chargé de l'exécution le cherchait de tous côtés. La nuit suivante, nous nous enfuîmes à bord d'un bâtiment qui mettait à la voile pour Venise, et nous échappâmes heureusement à cet affreux danger.

Le baron n'aime pas à parler de cette histoire, parce que cette fois il ne réussit pas à exécuter ce qu'il avait entrepris, et aussi parce qu'il faillit y laisser sa peau. Cependant, comme elle n'est nullement de nature à blesser son honneur, j'ai coutume de la raconter quand il a le dos tourné.

Maintenant, messieurs, vous connaissez à fond le baron de Münchhausen, et j'espère que vous n'avez plus aucun doute à élever à l'endroit de sa véracité ; mais afin que vous ne puissiez point non plus soupçonner la mienne, il faut que je vous dise en peu de mots qui je suis[1].

Mon père était originaire de Berne en Suisse. Il y exerçait l'emploi d'inspecteur des rues, allées, ruelles et ponts ; ces sortes de fonctionnaires portent dans cette ville le titre, le titre… hum !… le titre de balayeurs. Ma mère, native des montagnes de

1. Le traducteur a censuré la suite du récit, en enlevant notamment les précisions qui font des parents du narrateur des ivrognes (leur « défaut »). En outre, la mère exerce clairement le métier de prostituée. On comprend que le pape ne fait pas que manger des huîtres en sa compagnie. Le narrateur serait donc le fils adultérin du pape (voir édition Corti, p. 94-96).

la Savoie, portait au cou un goitre[1] d'une grosseur et d'une beauté remarquables, ce qui n'est pas rare chez les dames de ce pays. Elle abandonna fort jeune ses parents, et sa bonne étoile l'amena dans la ville où mon père avait reçu le jour. Elle vagabonda quelque peu : mon père ayant parfois le défaut analogue, ils se rencontrèrent un jour dans la maison de détention[2].

Ils devinrent amoureux l'un de l'autre et se marièrent. Cette union ne fut pas heureuse ; mon père ne tarda pas à quitter ma mère en lui assignant pour toute pension alimentaire le revenu d'une hotte de chiffonnier[3] qu'il lui mit sur le dos. La brave femme s'attacha à une troupe ambulante qui montrait des marionnettes ; la fortune[4] finit par la conduire à Rome, où elle établit un commerce d'huîtres.

Vous avez sans doute entendu parler du pape Ganganelli, connu sous le nom de Clément XIV[5], et vous savez combien il aimait les huîtres. Un vendredi qu'il allait en grande pompe dire la messe à l'église de Saint-Pierre, il aperçut les huîtres de ma mère – elles étaient remarquablement belles et extrêmement fraîches, m'a-t-elle dit souvent – et ne put faire autrement que de s'arrêter pour en goûter ; il fit faire halte aux cinq cents personnes qui le suivaient, et envoya dire à l'église qu'il ne pourrait pas célébrer la messe ce matin-là. Il descendit de cheval – car les papes vont à cheval dans les grandes occasions –, entra dans la boutique de ma mère, et avala toutes les huîtres qui s'y trouvaient ; mais comme il y en avait encore à la cave, il appela sa suite qui épuisa complètement la provision : le pape et ses gens

1. ***Goitre*** : bosse au niveau du cou.

2. ***Dans la maison de détention*** : en prison.

3. ***Hotte de chiffonnier*** : grand panier fixé sur le dos à l'aide de bretelles et dans lequel le chiffonnier ramasse les objets usagés et vieux chiffons dont il fait commerce.

4. ***La fortune*** : la chance.

5. ***Giovanni Vincenzo Antonio Ganganelli*** (1705-1774) : pape à partir de 1769 sous le nom de Clément XIV.

restèrent jusqu'au soir, et avant de partir ils l'accablèrent d'indulgences non seulement pour ses fautes passées et présentes, mais encore pour tous ses péchés à venir.

Maintenant, messieurs, vous me permettrez de ne pas vous expliquer plus clairement ce que j'ai de commun avec cette histoire d'huîtres : je pense que vous m'avez suffisamment compris pour être fixé sur ma naissance.

13. Le baron reprend son récit

Comme on peut bien le penser, les amis du baron ne cessaient de le supplier de continuer le récit aussi instructif qu'intéressant de ses singulières aventures ; mais ces prières restèrent longtemps inutiles. Le baron avait la louable habitude de ne rien faire qu'à sa fantaisie, et l'habitude plus louable encore de ne se laisser détourner sous aucun prétexte de ce principe bien arrêté. Enfin le soir tant désiré arriva, et un gros rire du baron annonça à ses amis que l'inspiration était venue et qu'il allait satisfaire à leurs instances[1] :

« *Conticuere omnes, intentique ora tenebant* »[2] ;

ou, pour parler plus clairement, tout le monde se tut et tendit une oreille attentive. Semblable à Énée[3], Münchhausen, se soulevant sur le sofa bien rembourré, commença ainsi :

1. ***Instances*** : demandes.
2. Citation de Virgile, *Énéide*, II, 1 : « Tous firent silence, tenant leurs yeux attachés sur Énée » (trad. Maurice Rat, GF-Flammarion, 1965). Il s'agit du moment où le héros va raconter la chute de Troie.
3. ***Énée*** : Héros troyen, à l'origine de la fondation de Rome, selon *L'Énéide* de Virgile (Ier s. av. J.-C.). Après la prise de Troie par les Grecs, Énée fuit et s'arrête chez la reine Didon en Afrique du Nord, à qui il conte ses exploits et ses malheurs (chant IV).

Pendant le dernier siège de Gibraltar[1], je m'embarquai sur une flotte commandée par Lord Rodney[2] et destinée à ravitailler cette forteresse ; je voulais rendre visite à mon vieil ami, le général Elliot[3], qui gagna à la défense de cette place des lauriers[4] que le temps ne pourra flétrir. Après avoir donné quelques instants aux premiers épanchements de l'amitié, je parcourus la forteresse avec le général, afin de reconnaître les travaux et les dispositions de l'ennemi. J'avais apporté de Londres un excellent télescope à miroir, acheté chez Dollond[5]. Grâce à cet instrument, je découvris que l'ennemi pointait sur le bastion[6] où nous nous trouvions une pièce de trente-six[7]. Je le dis au général, qui vérifia le fait et vit que je ne me trompais pas.

Avec sa permission, je me fis apporter une pièce de quarante-huit[8] prise à la batterie[9] voisine, et je la pointai si juste – car pour ce qui est de l'artillerie, je puis dire sans me vanter que je

---

1. ***Gibraltar*** : territoire britannique depuis 1704, situé en bordure du détroit du même nom qui sépare la Méditerranée et l'Atlantique. Une guerre eut lieu entre Espagnols et Britanniques pour la possession de ce territoire entre 1779 et 1783 et l'épisode est nommé « Grand siège de Gibraltar ».

2. ***George Brydges Rodney*** (1718-1792) : officier de marine britannique. Envoyé aux Indes, il fut chargé de ravitailler Gibraltar, alors assiégé, en 1779.

3. ***George Augustus Eliott*** (1717-1790) : officier britannique qui était gouverneur de Gibraltar au moment du siège.

4. ***Lauriers*** : symbole de la victoire. Dans la Rome antique, on couronnait de lauriers les généraux victorieux.

5. ***John Dollond*** (1706-1761) : opticien britannique dont le fils ouvrit à Londres, en 1750, une boutique spécialisée dans les instruments d'optique, dont les télescopes.

6. ***Bastion*** : forteresse.

7. Le canon de 36 livres (le chiffre indique le poids des boulets tirés) était la plus grosse pièce d'artillerie utilisée par les vaisseaux français à l'époque et dans certaines batteries côtières. Sa portée maximale était de 3 700 mètres avec des boulets d'environ 18 kilogrammes.

8. ***Quarante-huit*** : canon encore plus puissant que le précédent.

9. ***Batterie*** : ici batterie de canons, c'est-à-dire ensemble de canons.

« Je parcourus la forteresse avec le général [...]. »

n'ai pas encore trouvé mon maître –, que j'étais sûr d'atteindre mon but.

J'observai alors avec la plus grande attention les mouvements des canonniers ennemis, et, au moment où ils approchaient la mèche de la lumière, je donnai aux nôtres le signal de faire feu : les deux boulets parvenus à moitié de leur trajet se rencontrèrent et se heurtèrent avec une violence terrible qui produisit un effet des plus surprenants. Le boulet ennemi retourna si vivement sur ses pas, que non seulement il broya la tête du canonnier qui l'avait envoyé, mais qu'encore il décapita seize autres soldats qui s'enfuyaient vers la côte d'Afrique. Avant d'atteindre le pays de Barbarie[1], il coupa le grand mât de trois vaisseaux qui se trouvaient dans le port rangés en ligne les uns derrière les autres, pénétra à deux cents milles anglais dans l'intérieur des terres, effondra le toit d'une hutte de paysan, et, après avoir enlevé à une pauvre vieille qui y dormait sur le dos la seule dent qui lui restait, s'arrêta enfin dans son gosier. Son mari, rentrant quelques instants après, essaya de retirer le boulet : n'y pouvant réussir, il eut l'heureuse idée de l'enfoncer avec un maillet[2] dans l'estomac de sa femme, d'où il sortit quelque temps après par la méthode naturelle.

Ce ne fut pas là le seul service que nous rendit notre boulet : il ne se contenta pas de refouler de la façon que je viens de raconter celui de l'ennemi ; mais, continuant son chemin, il enleva de son affût[3] la pièce pointée contre nous et la lança avec une telle violence dans la coque d'un bâtiment, que ce dernier prit une voie d'eau énorme et sombra peu à peu avec un millier de matelots et un grand nombre de soldats de marine qui s'y trouvaient.

Ce fut sans contredit un fait extraordinaire. Je ne veux cependant pas me l'attribuer à moi seul : il est vrai que l'honneur de

1. La côte des Barbaresques ou Barbarie désignait le littoral méditerranéen, du Maroc à la Syrie.

2. ***Un maillet*** : marteau épais.

3. ***Affût*** : support d'une pièce d'artillerie.

l'idée première en revient à ma sagacité[1], mais le hasard me seconda dans une certaine proportion. Ainsi je m'aperçus, la chose faite, que notre pièce de quarante-huit avait reçu double charge de poudre ; de là l'effet merveilleux produit sur le boulet ennemi, et la portée extrême de notre projectile.

Le général Elliot, pour me récompenser de ce service signalé[2], m'offrit un brevet d'officier que je refusai, me contentant des remerciements qu'il me fit le soir même à dîner, en présence de tout son état-major[3].

Comme je suis fort porté pour les Anglais, qui sont un peuple vraiment brave, je me mis dans la tête de ne pas quitter cette forteresse sans avoir rendu un nouveau service à ceux qui la défendaient ; trois semaines après l'affaire du canon de quarante-huit, il se présenta enfin une bonne occasion.

Je me déguisai en prêtre catholique, sortis de la forteresse vers une heure du matin, et réussis à pénétrer dans le camp de l'ennemi à travers ses lignes. Je me rendis à la tente où le comte d'Artois[4] avait réuni les chefs de corps[5] et un grand nombre d'officiers pour leur communiquer le plan d'attaque de la forteresse, à laquelle il voulait donner l'assaut le lendemain. Mon déguisement me protégea si bien, que personne ne pensa à me repousser et que je pus écouter tranquillement tout ce qui se dit. Le conseil fini, ils allèrent se coucher, et je vis bientôt l'armée entière, tout le camp, jusqu'aux sentinelles, plongé dans le plus profond sommeil. Je me mis aussitôt à l'œuvre : je démontai tous leurs canons au nombre de plus de trois cents, depuis les pièces

---

1. ***Sagacité*** : vivacité d'esprit.

2. ***Service signalé*** : service remarquable.

3. ***État-major*** : ensemble des officiers commandant une armée.

4. ***Comte d'Artois*** ou ***Charles X*** (1757-1836) : frère de Louis XVI, il porta le titre de comte d'Artois avant de devenir roi de France (1824-1830). En 1782, il passa quelques jours à Gibraltar pour assister au siège, les Espagnols étant alliés aux Français.

5. ***Chefs de corps*** : officiers en charge de commander des hommes.

de quarante-huit jusqu'à celles de vingt-quatre[1], et je les jetai à la mer, où ils tombèrent à environ trois milles de là : comme je n'avais personne pour m'aider, je puis dire que c'est le travail le plus pénible que j'aie jamais accompli, à l'exception d'un seul cependant qu'on vous a fait connaître en mon absence : je veux parler de l'énorme canon turc décrit par le baron Tott et avec lequel je traversai le canal à la nage.

Cette opération terminée, je transportai tous les affûts et tous les caissons[2] au milieu du camp, et, de peur que le roulement des roues ne réveillât les gens, je les pris deux à deux sous les bras. Cela faisait un beau tas, aussi élevé pour le moins que les rochers de Gibraltar[3]. Je saisis alors un fragment d'une pièce de fer de quarante-huit, et me procurai du feu en le frappant contre un pan de mur, reste d'une construction mauresque[4], et qui était enterré de vingt pieds au moins : j'allumai une mèche et mis le feu au tas. J'oubliais de vous dire que j'avais jeté sur le sommet toutes les munitions de guerre.

Comme j'avais eu soin de placer dans le bas les matières les plus combustibles[5], la flamme s'élança bientôt haute et éclatante. Pour écarter de moi tout soupçon, je fus le premier à donner l'alarme. Comme vous pouvez le penser, le camp se trouva saisi d'épouvante ; on supposa, pour expliquer ce désastre, que les gens de la forteresse avaient fait une sortie, tué les sentinelles, et étaient parvenus à détruire l'artillerie.

M. Drinkwater[6], dans la relation qu'il a faite de ce siège célèbre, parle bien d'une grande perte éprouvée par l'ennemi à

1. ***Vint-quatre*** : canon de 24 livres, très commun à l'époque, notamment pour les sièges.

2. ***Caissons*** : voitures en forme de caisse permettant le transport des munitions pour les canons.

3. Voir note 1, p. 109.

4. ***Mauresque*** : des Maures. Ici, « mauresque » est synonyme d'arabe.

5. ***Les plus combustibles*** : qui brûlaient le mieux.

6. ***John Drinkwater Bethune*** (1762-1844) : officier britannique et historien militaire. Il publia en 1785 une *Histoire du Siège de Gibraltar.*

la suite d'un incendie, mais il n'a pas su à quoi en attribuer la cause : cela, du reste, ne lui était guère possible, car – bien que j'aie, à moi tout seul, dans cette nuit, sauvé Gibraltar – je n'ai mis personne dans ma confidence, pas même le général Elliot. Le comte d'Artois, pris d'une panique, s'enfuit avec tous ses gens, et, sans s'arrêter en route, arriva d'une traite à Paris. La terreur que leur avait inspirée ce désastre fut telle, qu'ils ne purent manger de trois mois, et vécurent simplement de l'air du temps, à la façon des caméléons[1].

Environ deux mois après que j'eus rendu cet éclatant service aux assiégés, je me trouvais à déjeuner avec le général Elliot, quand tout à coup une bombe – je n'avais pas eu le temps d'envoyer les mortiers[2] de l'ennemi rejoindre ses canons – pénétra dans la chambre et tomba sur la table. Le général fit ce qu'aurait fait tout le monde en pareil cas, il sortit immédiatement de la salle. Moi, je saisis la bombe avant qu'elle n'éclatât, et la portai au sommet du rocher. De cet observatoire j'aperçus sur une falaise, non loin du camp ennemi, un grand rassemblement de gens ; mais je ne pouvais distinguer à l'œil nu ce qu'ils faisaient. Je pris mon télescope, et je reconnus que c'était l'ennemi qui, ayant arrêté deux des nôtres, un général et un colonel avec lesquels j'avais dîné la veille, et qui s'étaient introduits le soir dans le camp des assiégeants, s'apprêtait à les pendre en qualité d'espions.

La distance était trop grande pour qu'il fût possible de lancer avec succès la bombe à la main. Heureusement je me souvins que j'avais dans ma poche la fronde dont David se servit si avantageusement contre Goliath[3]. J'y plaçai ma bombe et la projetai

---

1. Selon une croyance de l'époque, les caméléons ne se nourrissaient que d'air.

2. Le canon envoie un boulet (qui n'explose pas) tandis que le ***mortier*** envoie une bombe (qui, elle, explose).

3. L'histoire de David et Goliath est rapportée dans la Bible (Samuel, 1, 17). Goliath est un géant, champion de l'armée des Philistins. Le roi d'Israël envoie contre lui le jeune David, un berger, pour l'affronter. Ce dernier

au milieu du rassemblement. En touchant terre, elle éclata, et tua tous les assistants, à l'exception des deux officiers anglais, qui, pour leur bonheur, étaient déjà pendus : un éclat sauta contre le pied de la potence[1] et la fit tomber.

Nos deux amis, dès qu'ils se sentirent sur la terre ferme, cherchèrent à s'expliquer ce singulier événement ; et voyant les gardes, les bourreaux et toute l'assistance occupés à mourir, ils se débarrassèrent réciproquement[2] de l'incommode cravate qui leur serrait le col, coururent au rivage, sautèrent dans une barque espagnole, et se firent conduire à nos vaisseaux par les deux bateliers qui s'y trouvaient.

Quelques minutes après, comme j'étais en train de raconter le fait au général Elliot, ils arrivèrent, et, après un cordial échange de remerciements et d'explications, nous célébrâmes cette journée mémorable le plus gaiement du monde.

Vous désirez tous, messieurs, je le lis dans vos yeux, savoir comment je possède un trésor aussi précieux que la fronde dont je viens de vous parler. Eh bien ! je vais vous le dire. Je descends, vous ne l'ignorez sans doute pas, de la femme d'Urie[3], qui eut, comme vous savez, des relations très intimes avec David. Mais avec le temps – cela se voit souvent – Sa Majesté se refroidit singulièrement[4] à l'endroit de la comtesse, car elle avait reçu ce titre trois mois après la mort de son mari. Un jour ils se prirent de querelle au sujet d'une question de la plus haute importance, qui était de savoir dans quelle contrée fut construite l'Arche de

---

l'emporte en abattant Goliath au moyen d'une fronde, c'est-à-dire d'une petite arme permettant de tirer des cailloux à l'aide d'un morceau de cuir tendu.

1. ***La potence*** : support qui servait à la pendaison des criminels.

2. ***Réciproquement*** : l'un l'autre.

3. David, devenu roi d'Israël, tombe amoureux de Bethsabée, épouse de l'un de ses officiers, Urie le Hittite. Il se débarrasse alors du mari en l'envoyant au front où il est tué. David épouse alors Bethsabée (Samuel, 2,11).

4. ***Se refroidit singulièrement*** : cessa d'aimer.

Noé[1] et à quel endroit elle s'était arrêtée après le déluge. Mon aïeul avait la prétention de passer pour un grand antiquaire[2], et la comtesse était présidente d'une société historique : lui, avait cette faiblesse commune à la plupart des grands et à tous les petits, de ne pas souffrir la contradiction, et elle, ce défaut, spécial à son sexe, de vouloir avoir raison en toute chose ; bref, une séparation s'ensuivit.

Elle l'avait souvent entendu parler de cette fronde comme d'un objet des plus précieux, et trouva bon de l'emporter, sous prétexte de garder un souvenir de lui. Mais, avant que mon aïeule[3] eût franchi la frontière, on s'aperçut de la disparition de la fronde, et on lança six hommes de la garde du roi pour la reprendre. La comtesse poursuivie se servit si bien de cet objet qu'elle atteignit un de ces soldats qui, plus zélé[4] que les autres, s'était avancé en tête de ses compagnons, précisément à la place où Goliath avait été frappé par David. Les gardes, voyant leur camarade tomber mort, délibérèrent mûrement[5] et pensèrent que ce qu'il y avait de mieux à faire, c'était d'en référer au roi : la comtesse, de son côté, jugea prudent de continuer son voyage vers l'Égypte, où elle comptait de nombreux amis à la cour.

J'aurais dû vous dire d'abord que de plusieurs enfants qu'elle avait eus de Sa Majesté, elle avait emmené dans son exil un fils, son fils bien-aimé. La fertilité de l'Égypte ayant donné à ce fils plusieurs frères et sœurs, la comtesse lui laissa par un article particulier de son testament la fameuse fronde ; et c'est de lui qu'elle m'est venue en ligne directe.

---

1. L'épisode du déluge et de la construction de l'arche de Noé se trouve dans la Bible (Genèse, 6 *et sq.*).

2. ***Antiquaire*** : ici, personne qui se livre à l'étude des monuments et des objets anciens.

3. ***Aïeule*** : ancêtre.

4. ***Plus zélé*** : plus appliqué.

5. ***Délibérèrent mûrement*** : réfléchirent longuement.

Mon arrière-arrière-grand-père, qui possédait cette fronde, et qui vivait il y a environ deux cent cinquante ans, fit, dans un voyage en Angleterre, la connaissance d'un poète qui n'était rien moins que plagiaire [1], et n'en était que d'autant plus incorrigible braconnier [2] ; il s'appelait Shakespeare [3]. Ce poète, sur les terres duquel, par droit de réciprocité sans doute, les Anglais et les Allemands braconnent aujourd'hui impudemment, emprunta maintes fois cette fronde à mon père et tua, au moyen de cette arme, tant de gibier à Sir Thomas Lucy [4], qu'il faillit encourir le sort de mes deux amis de Gibraltar. Le pauvre homme fut jeté en prison, et mon aïeul lui fit rendre la liberté par un procédé tout particulier.

La reine Élisabeth [5], qui régnait alors, était devenue vers la fin de sa vie à charge à elle-même [6]. S'habiller, se déshabiller, manger, boire, accomplir enfin maintes autres fonctions que je n'énumérerai point, lui rendaient la vie insupportable. Mon aïeul la mit en état de faire tout cela selon son caprice, par elle-même ou par procuration. Et que pensez-vous que demanda mon père en récompense de ce signalé service ? – la liberté de Shakespeare. La reine ne put lui rien faire accepter de plus. Cet excellent homme avait pris le poète en telle affection, qu'il eût volontiers donné une partie de sa vie pour prolonger celle de son ami.

Du reste, je puis vous assurer, messieurs, que la méthode pratiquée par la reine Élisabeth, de vivre sans nourriture, n'obtint aucun succès auprès de ses sujets, au moins auprès de ces gourmands affamés auxquels on a donné le nom de *mangeurs de*

---

1. ***Plagiaire*** : copieur.
2. ***Braconnier*** : chasseur qui chasse au mépris des lois et des usages.
3. Voir note 3, p. 14.
4. ***Thomas Lucy*** (1532-1600) : politicien britannique, surtout connu pour ses démêlés avec la famille de Shakespeare pour des questions religieuses.
5. ***Élisabeth Ire*** (1533-1603) : reine d'Angleterre à partir de 1558.
6. ***Était devenue à charge à elle-même*** : vivre était devenu un fardeau pour elle.

bœuf. Elle-même n'y résista pas plus de sept ans et demi, au bout desquels elle mourut d'inanition[1].

Mon père, duquel j'héritai la fronde peu de temps avant mon départ pour Gibraltar, me raconta l'anecdote suivante, que ses amis lui ont souvent entendu rapporter, et dont personne de ceux qui ont connu le digne vieillard ne révoquera la véracité.

« Dans l'un des nombreux séjours que je fis en Angleterre, me disait-il, je me promenais une fois sur le bord de la mer non loin de Harwick[2]. Tout d'un coup voilà un cheval marin qui s'élance furieux contre moi. Je n'avais pour toute arme que ma fronde, avec laquelle je lui envoyai deux galets si adroitement lancés que je lui crevai les deux yeux. Je lui sautai alors sur le dos et le dirigeai vers la mer : car, en perdant les yeux, il avait perdu toute sa férocité, et se laissait mener comme un mouton. Je lui passai ma fronde dans la bouche en guise de bride, et le poussai au large.

« En moins de trois heures nous eûmes atteint le rivage opposé : nous avions fait trente milles dans ce court espace de temps. À Helvoetsluys[3] je vendis ma monture moyennant sept cents ducats à l'hôte des Trois-Coupes, qui montra cette bête extraordinaire pour de l'argent et s'en fit un joli revenu. – On peut en voir la description dans Buffon[4]. – Mais si singulière que fût cette façon de voyager, ajoutait mon père, les observations et les découvertes qu'elle me permit de faire sont encore plus extraordinaires.

« L'animal sur le dos duquel j'étais assis ne nageait pas : il courait avec une incroyable rapidité sur le fond de la mer, chassant devant lui des millions de poissons tout différents de ceux qu'on a l'habitude de voir : quelques-uns avaient la tête au milieu

1. ***D'inanition*** : de faim.
2. ***Harwick*** : ville portuaire de l'est de l'Angleterre.
3. ***Helvoetsluys (Hellevoetsluis en français)*** : ville portuaire de Hollande.
4. ***Georges-Louis Leclerc, comte de Buffon*** (1707-1788) : naturaliste français, célèbre pour son *Histoire naturelle* (1749-1789).

du corps ; d'autres au bout de la queue ; d'autres étaient rangés en cercle et chantaient des chœurs d'une beauté inexprimable ; d'autres construisaient avec l'eau des édifices transparents, entourés de colonnes gigantesques dans lesquelles ondulait une matière fluide et éclatante comme la flamme la plus pure. Les chambres de ces édifices offraient toutes les commodités[1] désirables aux poissons de distinction : quelques-unes étaient aménagées pour la conservation du frais ; une suite de salles spacieuses était consacrée à l'éducation des jeunes poissons. La méthode d'enseignement – autant que j'en pus juger par mes yeux, car les paroles étaient aussi inintelligibles[2] pour moi que le chant des oiseaux ou le dialogue des grillons –, cette méthode me semble présenter tant de rapport avec celle employée de notre temps dans les établissements philanthropiques[3], que je suis persuadé qu'un de ces théoriciens a fait un voyage analogue au mien, et pêché ses idées dans l'eau, plutôt que de les avoir attrapées dans l'air. Du reste, de ce que je viens de vous dire vous pouvez conclure qu'il reste encore au monde un vaste champ ouvert à l'exploitation et à l'observation. Mais je reprends mon récit.

« Entre autres incidents de voyage, je passai sur une immense chaîne de montagnes, aussi élevée, pour le moins, que les Alpes. Une foule de grands arbres d'essences variées s'accrochaient aux flancs des rochers. Sur ces arbres poussaient des homards, des écrevisses, des huîtres, des moules, des colimaçons de mer[4], dont quelques-uns si monstrueux qu'un seul eût suffi à la charge d'un chariot, et le plus petit écrasé un portefaix[5]. Toutes les pièces de cette espèce qui échouent sur nos rivages et qu'on vend dans nos marchés ne sont que de la misère, que l'eau enlève des

1. ***Toutes les commodités*** : tout le confort.
2. ***Inintelligibles*** : incompréhensibles.
3. ***Philanthropiques*** : d'aide, d'assistance.
4. ***Colimaçons*** : escargots.
5. ***Portefaix*** : personne chargée de débarquer les marchandises d'un bateau.

branches tout comme le vent fait tomber des arbres le menu fruit. Les arbres à homards me parurent les mieux fournis : mais ceux à écrevisses et à huîtres étaient les plus gros. Les petits colimaçons de mer poussent sur des espèces de buissons qui se trouvent presque toujours au pied des arbres à écrevisses, et les enveloppent comme fait le lierre sur le chêne.

« Je remarquai aussi le singulier phénomène produit par un navire naufragé. Il avait, à ce qu'il me sembla, donné contre un rocher dont la pointe était à peine à trois toises au-dessous de l'eau, et en coulant bas s'était couché sur le côté. Il était descendu sur un arbre à homards et en avait détaché quelques fruits, lesquels étaient tombés sur un arbre à écrevisses placé plus bas. Comme la chose se passait au printemps et que les homards étaient tout jeunes, ils s'unirent aux écrevisses ; il en résulta un fruit qui tenait des deux espèces à la fois. Je voulus, pour la rareté du fait, en cueillir un sujet ; mais ce poids m'aurait fort embarrassé, et puis mon Pégase [1] ne voulait pas s'arrêter.

« J'étais à peu près à moitié route, et me trouvais dans une vallée située à cinq cents toises au moins au-dessous de la surface de la mer : je commençais à souffrir du manque d'air. Au surplus, ma position était loin d'être agréable sous bien d'autres rapports. Je rencontrais de temps en temps de gros poissons qui, autant que j'en pouvais juger par l'ouverture de leurs gueules, ne paraissaient pas éloignés de vouloir nous avaler tous deux. Ma pauvre Rossinante [2] était aveugle, et je ne dus qu'à ma prudence d'échapper aux intentions hostiles de ces messieurs affamés. Je continuai donc à galoper, dans le but de me mettre le plus tôt possible à sec.

« Parvenu assez près des rives de la Hollande, et n'ayant plus guère qu'une vingtaine de toises d'eau sur la tête, je crus apercevoir, étendue sur le sable, une forme humaine, qu'à ses vêtements je reconnus être un corps de femme. Il me sembla qu'elle donnait

1. ***Pégase*** : nom du cheval ailé de la mythologie grecque.

2. ***Rossinante*** : nom du cheval de Don Quichotte, héros de Cervantès.

encore quelques signes de vie, et, m'étant approché, je la vis, en effet, remuer la main. Je saisis cette main et ramenai sur le bord ce corps d'apparence cadavérique. Quoique l'art de réveiller les morts fût moins avancé à cette époque qu'aujourd'hui, où à chaque porte d'auberge on lit sur un écriteau : *Secours aux noyés*, les efforts et les soins d'un apothicaire [1] de l'endroit parvinrent à raviver la petite étincelle vitale qui restait chez cette femme. Elle était la moitié chérie d'un homme qui commandait un bâtiment attaché au port de Helvoetsluys, et qui avait pris la mer depuis peu. Par malheur, dans la précipitation du départ, il avait embarqué une autre femme que la sienne. Celle-ci fut aussitôt instruite du fait par quelques-unes de ces vigilantes protectrices de la paix et du foyer domestique, qu'on nomme amies intimes ; jugeant que les droits conjugaux sont aussi sacrés et aussi valables sur mer que sur terre, elle s'élança dans la chaloupe [2] à la poursuite de son époux ; arrivée à bord du navire, elle chercha, dans une courte mais intraduisible allocution [3], à faire triompher ses droits d'une façon si énergique que le mari jugea prudent de reculer de deux pas. Le résultat de ceci fut que sa main osseuse, au lieu de rencontrer les oreilles de son mari ne rencontra que l'eau, et comme cette surface céda avec plus de facilité que ne l'eût fait l'autre, la pauvre femme ne trouva qu'au fond de la mer la résistance qu'elle cherchait. Ce fut en ce moment que mon étoile me fit la rencontrer et me permit de rendre à la terre un couple heureux et fidèle.

« Je me représente aisément les bénédictions dont monsieur son mari dut me combler en retrouvant, à son retour, sa tendre épouse sauvée par moi. Au reste, pour mauvais que fût le tour que j'avais joué à ce pauvre diable, mon cœur en reste parfaitement innocent. J'avais agi par pure charité, sans me douter des affreuses conséquences que ma bonne action devait amener. »

---

1. ***Apothicaire*** : pharmacien.
2. ***Une chaloupe*** : une grosse embarcation de pêche.
3. ***Une allocution*** : un discours.

C'est là que se terminait habituellement le récit de mon père, récit que m'a rappelé la fameuse fronde dont je vous ai entretenus et qui, après avoir été conservée si longtemps dans ma famille et lui avoir rendu tant de services signalés, joua son reste[1] contre le cheval de mer : elle put encore me servir en envoyant par ma main, ainsi que je vous l'ai raconté, une bombe au milieu des Espagnols, et en sauvant mes deux amis de la potence ; mais ce fut là son dernier exploit ; elle s'en alla en grande partie avec la bombe, et le morceau, ce qui m'en resta dans la main, est conservé aujourd'hui dans les archives de notre famille, à côté d'un grand nombre d'antiquités des plus précieuses.

Peu de temps après, je quittai Gibraltar et retournai en Angleterre, où il m'arriva une des plus singulières aventures de ma vie.

Je m'étais rendu à Wapping[2] pour surveiller l'embarquement de divers objets que j'envoyais à plusieurs de mes amis de Hambourg[3] ; l'opération terminée, je revins par le *Tower Wharf*[4]. Il était midi, et j'étais horriblement fatigué ; pour échapper à l'ardeur du soleil, j'imaginai de me fourrer dans un des canons de la tour afin de prendre un peu de repos : à peine installé, je m'endormis profondément. Or, il se trouvait que nous étions précisément au 1er juin, jour anniversaire de la naissance du roi Georges III[5], et, à une heure, tous les canons devaient tirer pour fêter cette solennité. On les avait chargés le matin, et comme personne ne pouvait soupçonner ma présence en pareil lieu, je fus lancé par-dessus les maisons, de l'autre côté du fleuve, dans une cour de ferme entre Bermondsey[6] et Deptford[7]. Je tombai

1. ***Joua son reste*** : utilisa ses dernières ressources.
2. ***Wapping*** : quartier de Londres.
3. ***Hambourg*** : ville du nord de l'Allemagne.
4. ***Tower Wharf*** : le quai de la Tour de Londres qui donne sur la Tamise.
5. ***George III*** (1738-1820) : roi de Grande-Bretagne à partir de 1760.
6. ***Bermondsey*** : quartier de Southwark, situé dans le sud de Londres.
7. ***Deptford*** : quartier du sud-est de Londres.

sur une grande meule de foin, où je restai sans me réveiller, ce qui s'explique par l'étourdissement qui m'avait saisi dans le trajet.

Environ trois mois après, le foin haussa si considérablement de prix, que le fermier jugea avantageux de vendre sa provision de fourrage. La meule où je me trouvais était la plus grande de toutes, et représentait au moins cinq cents quintaux. Ce fut donc par elle qu'on commença. Le bruit des gens qui y avaient appliqué leurs échelles pour l'escalader me réveilla enfin. Encore plongé dans un demi-sommeil, ne sachant pas où j'étais, je voulus m'enfuir et tombai juste sur le propriétaire du foin. Je ne me fis pas la plus légère égratignure dans cette chute, mais le fermier n'en fut que plus maltraité : il fut tué roide[1], car je lui avais, bien innocemment, cassé le col[2]. Pour le repos de ma conscience, j'appris plus tard que le drôle était un infâme juif[3], qui entassait ses fruits et ses céréales dans son grenier, jusqu'au moment où leur rareté excessive lui permettait de les vendre à des prix exorbitants : de sorte que cette mort violente fut une juste punition de ses crimes et un service rendu au bien public.

Mais quel fut mon étonnement, lorsque, entièrement revenu à moi-même, j'essayai de rattacher mes pensées présentes à celles avec lesquelles je m'étais endormi trois mois auparavant ! Quelle fut la surprise de mes amis de Londres en me voyant reparaître après les recherches infructueuses qu'ils avaient faites pour me retrouver ! Vous pouvez, messieurs, vous l'imaginer facilement.

Maintenant, messieurs, buvons un coup, que je vous raconte encore un couple de mes aventures de mer.

---

1. ***Roide*** : raide ; ici, sur le coup.
2. ***Le col*** : le cou.
3. L'antisémitisme, ici dans son versant économique, est très présent dans la littérature du XVIIIe siècle, notamment chez les philosophes des Lumières (Diderot étant l'exception) qui voient les juifs comme des complices financiers des aristocrates et donc des opposants à leurs idées. Ici, on accuse le fermier de spéculer sur le prix du fourrage.

« Je tombai sur une grande meule de foin, où je restai sans me réveiller [...]. »

14. Huitième aventure de mer

Vous avez sans doute entendu parler du dernier voyage de découverte accompli au pôle Nord par le capitaine Phipps, aujourd'hui Lord Mulgrave[1]. J'accompagnais le capitaine, non pas en qualité d'officier, mais à titre d'ami et d'amateur. Quand nous fûmes arrivés à un degré fort avancé de latitude Nord[2], je pris mon télescope avec lequel vous avez fait connaissance à l'occasion du récit de mes aventures à Gibraltar, et j'examinai les objets qui nous environnaient. Car, soit dit en passant, je trouve qu'il est bon, surtout en voyage, de regarder de temps en temps ce qui se passe autour de soi.

À environ un demi-mille en avant de nous flottait un immense glaçon, aussi haut pour le moins que notre grand mât, et sur lequel je vis deux ours blancs qui, autant que j'en pus juger, étaient engagés dans un duel acharné. Je saisis mon fusil et descendis sur la glace. Mais lorsque j'en eus atteint le sommet, je m'aperçus que le chemin que je suivais était extrêmement dangereux et difficile. Par moments j'étais obligé de sauter par-dessus d'effroyables précipices ; dans d'autres endroits la glace était

1. ***Constantine John Phipps*** (1744-1792) : explorateur et naturaliste britannique. Il initia un voyage vers le pôle Nord en 1773 au cours duquel il rencontra notamment des ours blancs. Les glaces l'obligèrent à faire demi-tour avant d'avoir atteint sa destination. Il fut nommé baron Mulgrave en 1790.

2. ***Latitude*** : mesure permettant de situer un point par rapport à l'Équateur.

polie et glissante comme un miroir, de sorte que je ne faisais que tomber et me relever. Je parvins cependant à atteindre les ours, mais en même temps je reconnus qu'au lieu de se battre, ils étaient simplement en train de jouer ensemble.

Je calculais déjà la valeur de leur peau, – car chacun d'eux était au moins aussi gros qu'un bœuf gras –; par malheur, au moment où j'ajustai mon arme, le pied droit me glissa, je tombai en arrière, et perdis, par la violence de la chute, connaissance pour plus d'un quart d'heure. Représentez-vous l'épouvante dont je fus saisi, lorsque, revenant à moi, je sentis qu'un des deux monstres m'avait retourné sur le ventre, et tenait déjà entre ses dents la ceinture de ma culotte de peau. La partie supérieure de mon corps était appuyée sur la poitrine de l'animal, et mes jambes s'étalaient en avant. Dieu sait où l'horrible bête m'eût entraîné; mais je ne perdis pas la tête : je tirai mon couteau – le couteau que voici, messieurs –, je saisis la patte gauche de l'ours et lui coupai trois doigts : il me lâcha alors et se mit à hurler terriblement. Je pris mon fusil, je fis feu au moment où la bête se mettait en devoir de s'en retourner et je l'étendis morte. Le monstre sanguinaire était endormi du sommeil éternel; mais le bruit de mon arme avait réveillé plusieurs milliers de ses compagnons qui reposaient sur la glace dans un rayon d'un quart de lieue. Ils coururent tous sur moi à franc étrier [1].

Il n'y avait pas de temps à perdre; c'en était fait de moi s'il ne m'arrivait pas une idée lumineuse et immédiate : – elle arriva ! En moins de temps qu'il ne faut à un chasseur habile pour dépiauter [2] un lièvre, je déshabillai l'ours mort, m'enveloppai de sa robe et cachai ma tête sous la sienne. J'avais à peine terminé cette opération, que toute la troupe s'assembla autour de moi. J'avoue que je sentais, sous ma fourrure, des alternatives terribles [3] de chaud et de froid. Cependant ma ruse réussit à merveille. Ils vinrent l'un après l'autre me flairer, et parurent me

---

1. ***À franc étrier*** : à toute vitesse.

2. ***Dépiauter*** : dépouiller un animal de sa peau.

3. ***Alternatives*** : alternances.

prendre pour un de leurs frères. J'en avais du reste à peu près la mine ; avec un peu plus de corpulence la ressemblance eût été parfaite, et même il y avait dans l'assemblée plusieurs petits jeunes ours qui n'étaient guère plus gras que moi ; après qu'ils m'eurent bien flairé, moi et le cadavre de ma victime, nous nous familiarisâmes rapidement : j'imitais parfaitement tous leurs gestes et tous leurs mouvements ; mais pour ce qui était du grondement, du mugissement et du hurlement, je dois reconnaître qu'ils étaient plus forts que moi. Cependant, pour ours que je parusse, je n'en étais pas moins homme ! Je commençai à chercher le meilleur moyen de mettre à profit la familiarité qui s'était établie entre ces bêtes et moi.

J'avais entendu dire autrefois par un vieux chirurgien militaire qu'une incision faite à l'épine dorsale cause instantanément la mort. Je résolus d'en faire l'expérience. Je repris mon couteau, et en frappai le plus grand des ours près de l'épaule, à la nuque : convenez que le coup était hardi ; et j'avais des raisons d'être inquiet. Si la bête survivait à la blessure, c'en était fait de moi, j'étais réduit en pièces. Heureusement ma tentative réussit, l'ours tomba mort à mes pieds, sans plus faire un mouvement. Je pris donc le parti d'expédier de cette façon tous les autres, et cela ne fut pas difficile : car, bien qu'ils vissent de droite et de gauche tomber leurs frères, ils ne se méfiaient de rien, ne songeant ni à la cause ni au résultat de la chute successive de ces infortunés : ce fut là ce qui me sauva. Quand je les vis tous étendus morts autour de moi, je me sentis aussi fier que Samson après la défaite des Philistins[1].

Bref, je retournai au navire, je demandai les trois quarts de l'équipage pour m'aider à retirer les peaux et à apporter les jambons à bord. Nous jetâmes le surplus à l'eau, bien que, convenablement salé, cela eût fait un aliment fort supportable.

---

1. Dans la Bible (Juges, 15), Samson combat les Philistins et en abat mille à l'aide d'une mâchoire d'âne.

« Quand je les vis tous étendus morts autour de moi, je me sentis aussi fier que Samson après la défaite des Philistins. »

Dès que nous fûmes de retour, j'envoyai, au nom du capitaine, quelques jambons aux lords de l'Amirauté[1], aux lords de l'Échiquier[2], au lord-maire et aux aldermen de Londres[3], aux clubs de commerce, et distribuai le surplus entre mes amis. Je reçus de tous côtés les remerciements les plus chaleureux ; la Cité[4] me rendit mon amabilité en m'invitant au dîner annuel qui se célèbre lors de la nomination du lord-maire.

J'envoyai les peaux d'ours à l'impératrice de Russie pour servir de pelisse[5] d'hiver à Sa Majesté et à sa cour. Elle m'en remercia par une lettre autographe[6] que m'apporta un ambassadeur extraordinaire, et où elle me priait de venir partager sa couronne avec elle[7]. Mais comme je n'ai jamais eu beaucoup de goût pour la souveraineté[8], je repoussai, dans les termes les plus choisis, l'offre de Sa Majesté. L'ambassadeur qui m'avait apporté la lettre avait l'ordre d'attendre ma réponse pour la rapporter à sa souveraine. Une seconde lettre, que quelque temps après je reçus de l'impératrice, me convainquit de l'élévation de son esprit et de la violence de sa passion. Sa dernière maladie, qui la surprit au moment où – pauvre et tendre femme – elle s'entretenait avec le comte Dolgorouki[9], ne doit être attribuée qu'à ma cruauté envers elle. Je ne sais pas quel effet je produisis aux

---

1. ***Lords de l'Amirauté*** : ensemble des chefs de la marine anglaise.

2. ***Lords de l'Échiquier*** : commissaires responsables du Trésor royal.

3. ***Aldermen*** : conseillers municipaux.

4. ***La Cité*** : la Cité de Londres, cœur historique de la ville, dotée d'un statut administratif spécial, sous l'autorité du lord-maire.

5. ***Pelisse*** : manteau.

6. ***Lettre autographe*** : lettre écrite de sa main.

7. Le texte allemand précise qu'il s'agit aussi de partager le lit de l'impératrice.

8. ***La souveraineté*** : ici, le fait d'exercer le pouvoir en souverain.

9. ***Vassili Mikhaïlovitch Dolgorouki-Krymski*** (1722-1782) : colonel dans l'armée d'Élisabeth Ire de Russie. Münchhausen fait référence à une anecdote qui ne nous est pas connue.

dames, mais je dois dire que l'impératrice de Russie n'est pas la seule de son sexe qui du haut de son trône m'ait offert sa main.

On a répandu le bruit que le capitaine Phipps n'était pas allé aussi loin vers le Nord qu'il l'aurait pu : il est de mon devoir de le défendre sur ce point. Notre bâtiment était en bon chemin d'atteindre le pôle, lorsque je le chargeai d'une telle quantité de peaux d'ours et de jambons que c'eût été folie d'essayer d'aller plus loin ; nous n'eussions pas pu naviguer contre le plus léger vent contraire, et moins encore contre les glaçons qui encombrent la mer à cette latitude.

Le capitaine a depuis déclaré bien souvent combien il regrettait de ne pas avoir pris part à cette glorieuse journée, qu'il avait emphatiquement[1] surnommée la *journée des peaux d'ours*. Il jalouse ma gloire, et cherche par tous les moyens à la déprécier. Nous nous sommes souvent querellés à ce sujet, et aujourd'hui encore nous ne sommes pas dans de très bons termes. Il prétend, par exemple, qu'il n'y a pas grand mérite à avoir trompé les ours en m'affublant de la peau d'un des leurs ; et que lui serait allé sans masque au milieu d'eux, et ne s'en serait pas moins fait passer pour un ours.

Mais c'est là un point trop délicat pour qu'un homme qui a des prétentions à la bonne éducation se risque à en discuter avec un noble pair d'Angleterre[2].

1. ***Emphatiquement*** : avec exagération.
2. ***Un noble pair d'Angleterre*** : un membre du Parlement anglais siégeant à la chambre des Lords.

15. Neuvième aventure de mer

Je fis un autre voyage, d'Angleterre aux Indes orientales, avec le capitaine Hamilton[1]. J'emmenais un chien couchant, qui valait, dans l'acception propre du mot, son pesant d'or, car il ne m'a jamais failli. Un jour que, d'après les meilleurs calculs, nous nous trouvions à trois cents milles au moins de terre, mon chien tomba en arrêt[2]. Je le vis, avec étonnement, rester plus d'une heure dans cette position : je fis part de ce fait au capitaine et aux officiers du bord, et leur assurai que nous devions être près de terre, vu que mon chien flairait du gibier. J'en obtins qu'un succès de fou rire, qui ne modifia nullement la bonne opinion que j'avais de mon chien.

Après une longue discussion où l'on débattit mon avis, je finis par déclarer ouvertement au capitaine que j'avais plus de confiance dans le nez de mon Traï[3] que dans les yeux de tous les marins du bord, et je pariai hardiment cent guinées[4] – somme que j'avais destinée à ce voyage – que nous trouverions du gibier avant une demi-heure.

Le capitaine, qui était un excellent homme, se remit à rire de plus belle, et pria M. Crawford, notre chirurgien, de me tâter le

1. ***John Hamilton*** (1714-1755) : officier de la marine britannique qui servit dans les Indes orientales entre 1737 et 1740.
2. ***Tomba en arrêt*** : se figea brusquement.
3. ***Traï*** : nom du chien du baron.
4. ***Guinées*** : monnaie britannique.

pouls. L'homme de l'art obéit et déclara que j'étais en parfaite santé. Ils se mirent alors à causer à voix basse : je parvins cependant à saisir quelques mots de leur conversation :

« Il n'a pas sa tête à lui, disait le capitaine, je ne peux pas honnêtement accepter ce pari.

– Je suis d'un avis entièrement contraire, répliquait le chirurgien ; le baron n'est nullement dérangé ; il a plus de confiance dans l'odorat de son chien que dans la science de nos officiers, voilà tout. En tout cas, il perdra, et il l'aura bien mérité.

– Ce n'est pas raisonnable de ma part d'accepter un pareil pari, répétait le capitaine. Toutefois je m'en tirerai à mon honneur en lui rendant son argent après l'avoir gagné. »

Traï n'avait point bougé pendant cette conversation, ce qui me confirma dans mon opinion. Je proposai une seconde fois le pari, qui fut enfin accepté.

Nous avions à peine prononcé le *tope là* sacramental que des matelots placés dans la chaloupe attachée à l'arrière du bâtiment, et occupés à pêcher à la ligne, attrapèrent un énorme chien de mer[1], qu'ils amenèrent aussitôt sur le pont. On commença à le dépecer, et voilà qu'on lui trouva dans le ventre six couples de perdrix vivantes !

Les pauvres bêtes y habitaient depuis si longtemps, qu'une des perdrix était occupée à couver cinq œufs, dont l'un était en train d'éclore lorsque l'on ouvrit le poisson.

Nous élevâmes ces jeunes oiseaux avec une portée de petits chats venus au monde quelques minutes auparavant. La mère chatte les chérissait autant que ses enfants, et se désolait chaque fois qu'un des perdreaux s'éloignait trop et tardait à revenir auprès d'elle. Comme dans notre prise il y avait quatre perdrix qui ne cessaient de couver à tour de rôle, notre table fut fournie de gibier tout le temps du voyage.

1. ***Chien de mer*** : espèce de requin.

Pour récompenser mon brave Traï des cent guinées qu'il m'avait fait gagner, je lui donnai chaque fois les os des perdreaux que nous avions mangés, et de temps en temps même un perdreau tout entier.

16. Dixième aventure de mer. Second voyage dans la lune

Je vous ai déjà parlé, messieurs, d'un voyage que je fis dans la lune pour retrouver ma hachette d'argent. J'eus une nouvelle occasion d'y retourner, mais d'une façon beaucoup plus agréable, et j'y séjournai assez longtemps pour y faire diverses observations que je vais vous communiquer aussi exactement que ma mémoire me le permettra.

Un de mes parents éloignés s'était mis dans la tête qu'il devait absolument y avoir quelque part un peuple égal en grandeur à celui que Gulliver prétend avoir trouvé dans le royaume de Brobdingnag [1]. Il résolut de partir à la recherche de ce peuple, et me pria de l'accompagner. Pour ma part, j'avais toujours considéré le récit de Gulliver comme un conte d'enfant, et je ne croyais pas plus à l'existence de Brobdingnag qu'à celle de l'Eldorado [2] ; mais comme cet estimable parent m'avait institué son légataire universel [3], vous comprenez que je lui devais des égards. Nous

1. *Les Voyages de Gulliver* (1721), écrits par Jonathan Swift (1667-1745), racontent quatre voyages du docteur Lemuel Gulliver. Le deuxième s'effectue dans la presqu'île de Brobdingnag, située sur la côté californienne, et dont les habitants sont des géants.

2. Selon une croyance datant du XVIe siècle, l'Eldorado était un pays d'Amérique du Sud qui était, comme son nom l'indique, plein d'or. Voltaire en fait une utopie dans *Candide* (chapitres 17 et 18).

3. ***Légataire universel*** : voir « héritière universelle » (note 1, p. 99).

arrivâmes heureusement dans la mer du Sud [1], sans rien rencontrer qui mérite d'être rapporté, si ce n'est cependant quelques hommes et quelques femmes volants qui gambadaient et dansaient le menuet en l'air [2].

Le dix-huitième jour après que nous eûmes dépassé Otahiti [3], un ouragan enleva [4] notre bâtiment à près de mille lieues au-dessus de la mer, et nous maintint dans cette position pendant assez longtemps. Enfin un vent propice enfla nos voiles et nous emporta avec une rapidité extraordinaire. Nous voyagions depuis six semaines au-dessus des nuages lorsque nous découvrîmes une vaste terre, ronde et brillante, semblable à une île étincelante. Nous entrâmes dans un excellent port, nous abordâmes et trouvâmes le pays habité. Tout autour de nous, nous voyions des villes, des arbres, des montagnes, des fleuves, des lacs, si bien que nous nous croyions revenus sur la terre que nous avions quittée.

Dans la lune – car c'était là l'île étincelante où nous venions d'aborder –, nous vîmes de grands êtres montés sur des vautours, dont chacun avait trois têtes. Pour vous donner une idée de la dimension de ces oiseaux, je vous dirai que la distance mesurée de l'extrémité d'une de leurs ailes à l'autre est six fois plus grande que la plus longue de nos vergues [5]. Au lieu de monter à cheval, comme nous autres habitants de la terre, les gens de la lune montent ces sortes d'oiseaux.

À l'époque où nous arrivâmes, le roi de ce pays était en guerre avec le soleil. Il m'offrit un brevet d'officier ; mais je n'acceptai point l'honneur que me faisait Sa Majesté.

---

1. ***La mer du Sud*** : l'océan Pacifique.

2. ***Le menuet*** : danse à trois temps très populaire au XVIIIe siècle.

3. ***Otahiti*** : ancien nom de Tahiti.

4. ***Enleva*** : souleva.

5. ***Vergues*** : pièces de bois souvent attachées perpendiculairement au mât et qui portent une voile.

Tout, dans ce monde-là, est extraordinairement grand : une mouche ordinaire, par exemple, est presque aussi grosse qu'un de nos moutons. Les armes usuelles des habitants de la lune sont des raiforts[1] qu'ils manœuvrent comme des javelots, et qui tuent ceux qui en sont atteints. Lorsque la saison des raiforts est passée, ils emploient des tiges d'asperges. Pour boucliers, ils ont de vastes champignons.

Je vis en outre dans ce pays quelques naturels de Sirius[2] venus là pour affaires ; ils ont des têtes de bouledogue et les yeux placés au bout du nez, ou plutôt à la partie inférieure de cet appendice. Ils sont privés de sourcils ; mais lorsqu'ils veulent dormir, ils se couvrent les yeux avec leur langue ; leur taille moyenne est de vingt pieds ; celle des habitants de la lune n'est jamais au-dessous de trente-six pieds. Le nom que portent ces derniers est assez singulier ; il peut se traduire par celui d'*êtres cuisants* ; on les appelle ainsi parce qu'ils préparent leurs mets sur le feu, tout comme nous. Du reste, ils ne consacrent guère de temps à leurs repas ; ils ont sur le côté gauche un petit guichet[3] qu'ils ouvrent et par lequel ils jettent la portion tout entière dans l'estomac ; après quoi ils referment le guichet et recommencent l'opération au bout d'un mois, jour pour jour. Ils n'ont donc que douze repas par an, combinaison[4] que tout individu sobre doit trouver bien supérieure à celles usitées chez nous.

Les joies de l'amour sont complètement inconnues dans la lune ; car, chez les êtres cuisants aussi bien que chez les autres animaux, il n'existe qu'un seul et même sexe. Tout pousse sur des arbres qui diffèrent à l'infini les uns des autres, suivant les fruits qu'ils portent. Ceux qui produisent les êtres cuisants ou

1. ***Raiforts*** : plantes dont la racine est comestible.
2. ***Naturels de Sirius*** : habitants de Sirius (une étoile de la constellation du Chien, visible depuis la Terre).
3. ***Un petit guichet*** : une petite fenêtre.
4. ***Une combinaison*** : un arrangement.

hommes sont beaucoup plus beaux que les autres ; ils ont de grandes branches droites et des feuilles couleur de chair ; leur fruit consiste en noix à écorce très dure, et longues d'au moins six pieds. Lorsqu'elles sont mûres, ce qu'on reconnaît à leur couleur, on les cueille avec un grand soin, et on les conserve aussi longtemps qu'on le juge convenable. Quand on veut retirer le noyau, on les jette dans une grande chaudière d'eau bouillante ; au bout de quelques heures, l'écorce tombe, et il en sort une créature vivante.

Avant qu'ils viennent au monde, leur esprit a déjà reçu une destination déterminée par la nature.

D'une écorce sort un soldat, d'une autre un philosophe, d'une troisième un théologien ; d'une quatrième un jurisconsulte[1], d'une cinquième un fermier, d'une sixième un paysan, et ainsi de suite, et chacun se met aussitôt à pratiquer ce qu'il connaît déjà théoriquement. La difficulté consiste à juger avec certitude ce que contient l'écorce ; au moment où je me trouvais dans le pays, un savant lunaire affirmait à grand bruit qu'il possédait ce secret. Mais on ne fit pas attention à lui, et on le tint généralement pour fou.

Lorsque les gens de la lune deviennent vieux, ils ne meurent pas, mais ils se dissolvent dans l'air et s'évanouissent en fumée.

Ils n'éprouvent pas le besoin de boire, n'étant asservis à aucune excrétion[2]. Ils n'ont à chaque main qu'un seul doigt avec lequel ils exécutent tout beaucoup mieux que nous ne le faisons avec notre pouce et ses quatre aides.

Ils portent leur tête sous le bras droit, et, lorsqu'ils vont en voyage ou qu'ils sont à exécuter quelque travail qui exige beaucoup de mouvement, ils la laissent habituellement à la maison ; car ils peuvent lui demander conseil à n'importe quelle distance.

---

1. ***Jurisconsulte*** : juriste.

2. ***Excrétion*** : évacuation de la sueur, de l'urine, des matières fécales, etc.

Les hauts personnages de la lune, lorsqu'ils veulent savoir ce que font les gens du peuple, n'ont pas coutume d'aller les trouver ; ils restent à la maison, c'est-à-dire que leur corps reste chez eux, et qu'ils envoient leur tête dans la rue pour voir *incognito* ce qui s'y passe. Une fois les renseignements recueillis, elle revient dès que le maître la rappelle.

Les pépins de raisin lunaire ressemblent exactement à nos grêlons, et je suis fermement convaincu que, lorsqu'une tempête détache les grains de leur tige, les pépins tombent sur notre terre et forment notre grêle. Je suis même porté à croire que cette observation doit être connue depuis longtemps de plus d'un marchand de vin ; du moins j'ai bien souvent bu du vin qui m'a paru fait de grêlons, et dont le goût rappelait celui du vin de la lune.

J'allais oublier un détail des plus intéressants. Les habitants de la lune se servent de leur ventre comme nous des gibecières ; ils y fourrent tout ce dont ils ont besoin, l'ouvrent et le ferment à volonté comme leur estomac, car ils ne sont pas embarrassés d'entrailles, ni de cœur, ni de foie ; ils ne portent non plus pas de vêtements, l'absence de sexe les dispensant de pudeur.

Ils peuvent à leur gré ôter et remettre leurs yeux, et, lorsqu'ils les tiennent à la main, ils voient aussi bien que s'ils les avaient sur la figure. Si, par hasard, ils en perdent ou en cassent un, ils peuvent en louer ou en acheter un nouveau, qui leur fait le même service que l'autre ; aussi rencontre-t-on dans la lune, à chaque coin de rue, des gens qui vendent des yeux ; ils en ont les assortiments les plus variés, car la mode change souvent : tantôt ce sont les yeux bleus, tantôt les yeux noirs, qui sont mieux portés.

Je conviens, messieurs, que tout cela doit vous paraître étrange ; mais je prie ceux qui douteraient de ma sincérité de se rendre eux-mêmes dans la lune, pour se convaincre que je suis resté plus fidèle à la vérité qu'aucun autre voyageur.

17. Voyage à travers la terre et autres aventures remarquables

Si je m'en rapporte à vos yeux, je suis sûr que je me fatiguerais plus vite à vous raconter les événements extraordinaires de ma vie que vous à les écouter. Votre complaisance est trop flatteuse pour que je m'en tienne, ainsi que je me l'étais proposé, au récit de mon second voyage dans la lune. Écoutez donc, s'il vous plaît, une histoire dont l'authenticité est aussi incontestable que celle de la précédente, mais qui la surpasse par l'étrangeté et le merveilleux dont elle est empreinte.

La lecture du Voyage de Brydone[1] en Sicile m'inspira un vif désir de visiter l'Etna[2]. En route il ne m'arriva rien de remarquable : je dis à moi, car beaucoup d'autres, pour faire payer aux lecteurs naïfs les frais de leur voyage, n'eussent pas manqué de raconter longuement et emphatiquement maints détails vulgaires[3] qui ne sont pas dignes de fixer l'attention des honnêtes gens.

Un matin de bonne heure, je sortais d'une chaumière située au pied de la montagne, fermement résolu à examiner, dût-il m'en coûter la vie, l'intérieur de ce célèbre volcan. Après trois heures d'une marche des plus pénibles, j'atteignis le sommet de

1. ***Patrick Brydone*** (1736-1818) : voyageur écossais. Il publia notamment un *Voyage en Sicile et à Malte* en 1773.

2. ***Etna*** : volcan de Sicile.

3. ***Vulgaires*** : ici, ordinaires.

la montagne. Depuis trois semaines le volcan grondait sans discontinuer. Je ne doute pas, messieurs, que vous ne connaissiez l'Etna par les nombreuses descriptions qui en ont été faites : je n'essayerai donc pas de vous redire ce que vous savez aussi bien que moi, et j'épargnerai à moi une peine et à vous une fatigue inutile.

Je fis trois fois le tour du cratère – dont vous pouvez avoir une idée en vous figurant un immense entonnoir –, et reconnaissant que j'aurais beau tourner, cela ne m'avancerait guère, je pris bravement ma résolution, et je me décidai à sauter dedans. À peine eus-je exécuté le saut, que je me sentis comme plongé dans un bain de vapeur brûlante ; les charbons ardents qui jaillissaient sans relâche endommagèrent et brûlèrent en tous sens mon pauvre corps.

Mais quelle que fût la violence avec laquelle s'élançaient les matières incandescentes [1], je descendais plus rapidement qu'elles ne montaient, grâce à la loi de la pesanteur, et au bout de quelques instants je touchai le fond. La première chose que je remarquai fut un bruit épouvantable, un concert de jurements, de cris et de hurlements qui semblaient s'élever autour de moi. J'ouvris les yeux, et qu'est-ce que je vis ?... Vulcain [2] en personne accompagné de ses cyclopes [3]. Ces messieurs, que mon bon sens avait depuis longtemps relégués dans le domaine de la fiction, étaient depuis trois semaines en querelle au sujet d'un article du règlement intérieur, et c'était cette dispute qui remuait la surface

1. ***Incandescentes*** : chauffées à blanc.

2. ***Vulcain*** : apparenté au dieu grec Héphaïstos, Vulcain est le dieu romain du Feu. Laid et boiteux, il est marié à la volage Vénus, qui le trompe avec Mars. Habitant une grotte sous-marine, il est aidé dans son travail de métallurgie par des cyclopes.

3. ***Cyclopes*** : créatures mythologiques, dotées d'un unique œil au milieu du front. Les cyclopes apparaissent dans un épisode célèbre de l'*Odyssée* d'Homère.

externe. Mon apparition rétablit comme par enchantement la paix et la concorde[1] dans la tapageuse assemblée.

Vulcain courut aussitôt clopin-clopant vers son armoire, en tira des onguents et des emplâtres[2] qu'il m'appliqua de sa propre main, et, quelques minutes après, mes blessures étaient guéries. Il m'offrit ensuite des rafraîchissements, un flacon de nectar[3] et d'autres vins précieux, comme n'en boivent que les dieux et les déesses. Dès que je fus à peu près remis, il me présenta à Vénus, son épouse, en lui recommandant de me prodiguer tous les soins qu'exigeait ma position. La somptuosité de la chambre où elle me conduisit, le moelleux du sofa sur lequel elle me fit asseoir, le charme divin qui régnait dans toute sa personne, la tendresse de son cœur, il n'y a pas de mots dans les langues terrestres pour exprimer cela ; rien que d'y penser, la tête me tourne !

Vulcain me fit une description très détaillée de l'Etna. Il m'expliqua comme quoi cette montagne n'était qu'un amas de cendres sorties de la fournaise ; qu'il était souvent obligé de sévir contre ses ouvriers ; qu'alors, dans sa colère, il leur jetait des charbons ardents qu'ils paraient avec une grande adresse en les laissant passer sur la terre, afin de le laisser épuiser ses munitions. « Nos dissensions[4], ajouta-t-il, durent quelquefois plusieurs mois, et les phénomènes qu'elles produisent à la surface de la terre sont ce que vous appelez, je crois, des éruptions. Le mont Vésuve[5] est également une de mes forges : une galerie de trois cent cinquante milles de longueur m'y conduit en passant sous le lit de la mer : là aussi des dissensions semblables amènent sur la terre des accidents analogues. »

---

1. *Concorde* : bonne entente.
2. *Des onguents et des emplâtres* : des crèmes et des pommades.
3. *Nectar* : nourriture des dieux.
4. *Dissensions* : disputes.
5. *Le mont Vésuve* : volcan de la baie de Naples, en Italie, à l'origine de l'éruption ayant enseveli la ville romaine de Pompéi en 79 apr. J.-C.

Si je me plaisais à la conversation instructive du mari, je goûtais encore davantage la société[1] de la femme, et je n'aurais peut-être jamais quitté ce palais souterrain, si quelques mauvaises langues n'avaient mis la puce à l'oreille au seigneur Vulcain, et n'avaient allumé dans son cœur le feu de la jalousie. Sans me prévenir le moins du monde, il me saisit un matin au collet, comme j'assistais la belle déesse à sa toilette, et m'emmena dans une chambre que je n'avais pas encore vue : là il me tint suspendu au-dessus d'une espèce de puits profond, et me dit : « Ingrat mortel, retourne dans le monde d'où tu es venu ! »

En prononçant ces mots et sans me permettre de rien répliquer pour ma défense, il me précipita dans l'abîme.

Je tombai avec une rapidité toujours croissante, jusqu'à ce que l'effroi m'eût fait perdre entièrement connaissance. Mais je fus tout d'un coup tiré de mon évanouissement en me sentant plongé dans une immense masse d'eau illuminée par les rayons du soleil : c'était le paradis et le repos en comparaison de l'affreux voyage que je venais d'accomplir.

Je regardai tout autour de moi, mais je ne voyais de tous côtés que de l'eau. La température était tout autre que celle à laquelle je m'étais accoutumé chez le seigneur Vulcain. Enfin je découvris à quelque distance un objet qui avait l'apparence d'un énorme rocher, et qui semblait se diriger vers moi : je reconnus bientôt que c'était un glaçon flottant. Après beaucoup de recherches, je trouvai enfin un endroit où je pus m'accrocher, et je parvins à gravir jusqu'au sommet. À mon grand désespoir, je ne découvris aucun indice qui m'annonçât le voisinage de la terre. Enfin, avant la tombée de la nuit, j'aperçus un navire qui s'avançait de mon côté. Dès qu'il fut à portée de la voix, je le hélai de toutes mes forces : il me répondit en hollandais. Je me jetai à la mer, et nageai jusqu'au navire où l'on m'amena à bord. Je demandai où nous étions. « Dans la mer du Sud », me répondit-on. Ce fait

1. ***La société*** : ici, la compagnie.

expliquait toute l'énigme. Il était évident que j'avais traversé le centre du globe et que j'étais tombé par l'Etna dans la mer du Sud : ce qui est beaucoup plus direct que de faire le tour du monde. Personne avant moi n'avait encore tenté ce passage, et si je refais jamais le voyage, je me promets bien d'en rapporter des observations du plus haut intérêt.

Je me fis donner quelques rafraîchissements et je me couchai. Quels grossiers personnages, messieurs, que les Hollandais ! Le lendemain je racontai mon aventure aux officiers aussi exactement et aussi simplement que je viens de le faire ici, et plusieurs d'entre eux, le capitaine surtout, firent mine de douter de l'authenticité de mes paroles. Cependant comme ils m'avaient donné l'hospitalité à leur bord, et que si je vivais c'était grâce à eux, il me fallut bien empocher[1] l'humiliation sans répliquer.

Je m'enquis ensuite du but de leur voyage. Ils me répondirent qu'ils faisaient une expédition de découverte et que si ce que je leur avais raconté était vrai, leur but était atteint. Nous nous trouvions précisément sur la route qu'avait suivie le capitaine Cook[2], et nous arrivâmes le lendemain à *Botany Bay*, lieu où le gouvernement anglais devrait envoyer non pas ses mauvais garnements[3] pour les punir, mais des honnêtes gens pour les récompenser, tant ce pays est beau et richement doté par la nature.

Nous ne restâmes que trois jours à *Botany Bay*. Le quatrième jour après notre départ il s'éleva une effroyable tempête qui déchira toutes nos voiles, rompit notre beaupré, abattit notre mât

---

1. ***Empocher*** : ici, subir.

2. ***James Cook*** (1728-1779) : explorateur et cartographe britannique. Son premier voyage (1768-1771) l'amena à découvrir l'Australie.

3. ***Botany Bay*** ou ***baie de la Botanique*** : baie située sur la côte orientale australienne, proche de l'actuelle Sydney, et qui fut l'une des premières colonies britanniques en Australie. Les colons étaient des prisonniers d'un pénitencier (les « ***mauvais garnements*** » auxquels le texte fait référence).

de perroquet[1], lequel tomba sur la cahute où était enfermée notre boussole et la mit en pièces. Quiconque a navigué sait quelles peuvent être les conséquences d'un pareil accident. Nous ne savions plus où nous étions, ni où aller. Enfin la tempête s'apaisa, et fut suivie d'une bonne brise continue. Nous naviguions depuis trois mois et nous devions avoir fait énormément de chemin, lorsque tout à coup nous remarquâmes un changement singulier dans tout ce qui nous entourait. Nous nous sentions tout gais et tout dispos, notre nez s'emplissait des odeurs les plus douces et les plus balsamiques[2] ; la mer elle-même avait changé de couleur : elle n'était plus verte, mais blanche.

Bientôt après nous aperçûmes la terre, et à quelque distance un port vers lequel nous nous dirigeâmes et que nous trouvâmes spacieux et profond. Au lieu d'eau, il était rempli d'un lait exquis. Nous descendîmes à terre et nous vîmes que l'île tout entière consistait en un immense fromage. Nous ne nous en serions peut-être pas aperçus, si une circonstance particulière ne nous avait mis sur la trace. Nous avions sur notre navire un matelot qui professait pour le fromage une antipathie naturelle. En posant le pied sur la terre, il tomba évanoui. Quand il revint à lui, il demanda qu'on retirât le fromage de dessous ses pieds ; on vérifia, et on reconnut qu'il avait parfaitement raison, cette île n'était, comme je viens de vous le dire, qu'un énorme fromage. La plupart des habitants s'en nourrissaient ; les parties mangées pendant le jour étaient remplacées pendant la nuit. Nous vîmes dans cette île une grande quantité de vignes chargées de grosses grappes, lesquelles, lorsqu'on les pressait, ne donnaient que du lait. Les insulaires étaient sveltes et beaux, la plupart avaient neuf pieds de haut ; ils avaient trois jambes et un bras, et les adultes portaient sur le front une corne dont ils se servaient avec une

1. ***Mât de perroquet*** : partie supérieure du mât, portant une voile haute et carrée sur les grands voiliers.

2. ***Balsamiques*** : apaisantes.

adresse remarquable. Ils font des courses sur la surface du lait, et s'y promènent sans y enfoncer avec autant d'assurance que nous sur une pelouse.

Il croissait [1] sur cette île, ou plutôt sur ce fromage, une grande quantité de blé dont les épis, semblables à des champignons, contenaient des pains tout cuits et prêts à être mangés. En traversant ce fromage nous rencontrâmes sept fleuves de lait et deux de vin.

Après un voyage de seize jours, nous atteignîmes le rivage opposé à celui où nous avions abordé. Nous trouvâmes dans cette partie de l'île des plaines entières de ce fromage bleu à force de vieillesse, dont les amateurs font si grand cas. Mais, au lieu d'y rencontrer des vers, on y voyait croître de magnifiques arbres fruitiers, tels que cerisiers, abricotiers, pêchers, et vingt autres espèces que nous ne connaissons point. Ces arbres, qui sont extraordinairement grands et gros, abritaient une immense quantité de nids d'oiseaux. Nous remarquâmes entre autres un nid d'alcyons [2], dont la circonférence était cinq fois grande comme la coupole de Saint-Paul à Londres [3] ; il était artistement construit d'arbres gigantesques, et il contenait… – attendez, que je me rappelle bien le chiffre ! – il contenait cinq cents œufs dont le plus petit était au moins aussi gros qu'un muid [4]. Nous ne pûmes pas voir les jeunes qui étaient dedans, mais nous les entendîmes siffler. Ayant ouvert à grand-peine un de ces œufs, nous en vîmes sortir un petit oiseau sans plumes, gros environ comme vingt de nos vautours. À peine avions-nous fait éclore le jeune oiseau que le vieil alcyon se jeta sur nous, saisit notre capitaine dans une

1. ***Croissait*** : poussait.
2. ***Alcyons*** : oiseaux mythiques qui construisent leur nid à la surface de la mer.
3. Cette coupole mesure 30 mètres de diamètre intérieur et est, à ce titre, l'une des plus grandes du monde.
4. ***Muid*** : voir « Les unités de mesure », p. 151.

de ses serres, l'enleva à la hauteur d'une bonne lieue, le frappa violemment avec ses ailes et le laissa tomber dans la mer.

Les Hollandais nagent comme des rats d'eau ; aussi le capitaine nous eut-il bientôt rejoints, et nous regagnâmes tous ensemble notre navire. Mais nous ne retournâmes pas par le même chemin, ce qui nous permit de faire de nouvelles observations. Dans le gibier que nous tuâmes, il y avait deux buffles d'une espèce particulière qui ne possédait qu'une seule corne, placée entre les deux yeux. Nous regrettâmes plus tard de les avoir tués, car nous apprîmes que les habitants les apprivoisaient et s'en servaient en guise de cheval de trait ou de selle. On nous assura que la chair en était exquise, mais absolument inutile à un peuple qui ne vit que de lait et de fromage.

Deux jours avant d'atteindre notre navire, nous vîmes trois individus pendus par les jambes à de grands arbres. Je demandai quel crime leur avait valu cette terrible punition, et j'appris qu'ils étaient allés à l'étranger, et qu'à leur retour ils avaient raconté à leurs amis une foule de mensonges, leur décrivant des lieux qu'ils n'avaient pas vus, et des aventures qui ne leur étaient pas arrivées. Je trouvai cette punition bien méritée, car le premier devoir d'un voyageur, c'est de ne s'écarter jamais de la vérité.

Revenus à bord, nous levâmes l'ancre et nous quittâmes ce singulier pays. Tous les arbres du rivage, dont quelques-uns énormes et très élevés, s'inclinèrent deux fois en nous saluant en mesure. Après quoi ils reprirent leur première position.

Quand nous eûmes erré trois jours durant, Dieu sait où – car nous manquions toujours de boussole –, nous arrivâmes dans une mer qui semblait toute noire : nous goûtâmes ce que nous prenions pour de l'eau sale, et nous reconnûmes que c'était de l'excellent vin ! Nous eûmes toutes les peines du monde à empêcher nos matelots de se griser. Mais notre joie ne fut pas de longue durée, car, quelques heures après, nous nous trouvâmes entourés de baleines et d'autres poissons non moins gigantesques : il y en avait un d'une longueur si prodigieuse que même

« Le vieil alcyon se jeta sur nous, saisit notre capitaine dans une de ses serres, l'enleva à la hauteur d'une bonne lieue [...]. »

avec une lunette d'approche[1] nous n'en pûmes voir le bout. Malheureusement nous n'aperçûmes le monstre qu'au moment où il était tout près de nous : il avala d'un trait notre bâtiment avec ses mâts dressés et toutes ses voiles dehors.

Après que nous eûmes passé quelque temps dans sa gueule, il la rouvrit pour engloutir une énorme masse d'eau : notre navire, soulevé par ce courant, fut entraîné dans l'estomac du monstre, où nous nous trouvions comme si nous eussions été à l'ancre, pris d'un calme plat. L'air était, il faut en convenir, chaud et lourd.

Nous vîmes dans cet estomac des ancres, des câbles, des chaloupes, des barques et bon nombre de navires, les uns chargés, les autres vides, qui avaient subi le même sort que nous. Nous étions obligés de vivre à la lumière des torches ; il n'y avait plus pour nous ni soleil, ni lune, ni planètes. Ordinairement nous nous trouvions deux fois par jour à flot et deux fois à sec. Quand la bête buvait nous étions à flot, lorsqu'elle lâchait l'eau nous étions à sec. D'après les calculs exacts que nous fîmes, la quantité d'eau qu'elle avalait à chaque gorgée eût suffi à remplir le lit du lac de Genève, dont la circonférence est de trente milles.

Le second jour de notre captivité dans ce ténébreux royaume, je me hasardai avec le capitaine et quelques officiers à faire une petite excursion au moment de la marée basse, comme nous disions. Nous nous étions munis de torches, et nous rencontrâmes successivement près de dix mille hommes de toutes nations qui se trouvaient dans la même position que nous. Ils s'apprêtaient à délibérer sur les moyens à employer pour recouvrer leur liberté. Quelques-uns d'entre eux avaient déjà passé plusieurs années dans l'estomac du monstre. Mais au moment où le président[2] nous instruisait de la question qui allait s'agiter, notre diable de poisson eut soif et se mit à boire ; l'eau se précipita avec tant de violence que nous eûmes tout juste le temps de

1. ***Lunette d'approche*** : lunette qui grossit les objets.
2. ***Le président*** : ici, celui qui préside l'assemblée.

retourner à nos navires : plusieurs des assistants, moins prompts que les autres, furent même obligés de se mettre à la nage.

Quand le poisson se fut vidé, nous nous réunîmes de nouveau. On me choisit pour président : je proposai de réunir bout à bout deux des plus grands mâts, et, lorsque le monstre ouvrirait la gueule, de les dresser de façon à l'empêcher de la refermer. Cette motion fut acceptée à l'unanimité, et cent hommes choisis parmi les plus vigoureux furent chargés de la mettre à exécution. À peine les deux mâts étaient-ils disposés selon mes instructions, qu'il se présenta une occasion favorable. Le monstre se prit à bâiller ; nous dressâmes aussitôt nos deux mâts de manière que l'extrémité inférieure se trouvait plantée dans sa langue, et que l'autre extrémité pénétrait dans la voûte de son palais : il lui était dès lors impossible de rapprocher ses mâchoires.

Dès que nous fûmes à flot, nous armâmes les chaloupes qui nous remorquèrent et nous ramenèrent dans le monde. Ce fut avec une joie inexprimable que nous revîmes la lumière du soleil dont nous avions été privés pendant ces quinze jours de captivité. Lorsque tout le monde fut sorti de ce vaste estomac, nous formions une flotte de trente-cinq navires de toutes les nations. Nous laissâmes nos deux mâts plantés dans la gorge du poisson, pour préserver d'un accident semblable au nôtre ceux qui se trouveraient entraînés vers ce gouffre.

Une fois délivrés, notre premier désir fut de savoir dans quelle partie du monde nous étions ; il nous fallut longtemps avant de parvenir à une certitude. Enfin, grâce à mes observations antérieures, je reconnus que nous nous trouvions dans la mer Caspienne[1]. Comme cette mer est entourée de tous côtés par la terre et qu'elle ne communique avec aucune autre nappe d'eau, nous ne pouvions comprendre comment nous y étions arrivés. Un habitant de l'île de fromage, que j'avais emmené avec moi, nous expliqua la chose fort raisonnablement. Selon lui, le monstre

1. ***Mer Caspienne*** : mer fermée d'Asie.

dans l'estomac duquel nous avions erré si longtemps s'était rendu dans cette mer par quelque route souterraine. Bref, nous y étions et fort contents d'y être ; nous nous dirigeâmes à toutes voiles vers la terre. Je descendis le premier.

À peine avais-je posé le pied sur la terre ferme, que je me vis assailli par un gros ours.

« Ah ! ah ! pensai-je, tu arrives bien ! »

Je lui pris les pattes de devant dans mes deux mains et les serrai avec tant de cordialité[1] qu'il se mit à hurler désespérément ; mais moi, sans me laisser toucher par ses lamentations, je le tins dans cette position jusqu'à ce qu'il mourût de faim. Grâce à cet exploit, j'inspirai un tel respect à tous les ours, que depuis lors aucun d'eux n'a jamais osé me chercher querelle.

De là je me rendis à Saint-Pétersbourg, où je reçus d'un ancien ami un cadeau qui me fut extrêmement agréable. C'était un chien de chasse, descendant de la fameuse chienne dont je vous ai parlé, et qui mit bas en chassant un lièvre. Malheureusement ce chien fut tué par un chasseur maladroit qui l'atteignit en tirant une compagnie de perdreaux. Je me fis faire avec la peau de cette bête le gilet que voici, et qui lorsque je vais à la chasse, me conduit toujours infailliblement là où est le gibier. Quand j'en suis assez près pour pouvoir tirer, un bouton de mon gilet saute à la place où se trouve le gibier, et, comme mon fusil est toujours armé et amorcé, je ne manque jamais mon coup.

Il me reste encore trois boutons, comme vous voyez ; mais dès que la chasse rouvrira, j'en ferai remettre deux rangs. Venez me trouver alors, et vous verrez que j'aurai de quoi vous amuser.

Pour aujourd'hui, je prends la liberté de me retirer et de vous souhaiter une bonne nuit.

FIN

---

1. *Cordialité* : chaleur, amitié (le terme est employé ironiquement ici).

Les unités de mesure évoquées dans les *Aventures du baron de Münchhausen*[1]

Longueur :

- 1 pouce ≈ 3 cm
- 1 pied ≈ 30 cm
- 1 brasse ≈ 1,6 m
- 1 toise ≈ 1,8 m
- 1 mille ≈ 1,6 km
- 1 mille marin ≈ 1,8 km
- 1 lieue ≈ 3,8 km

Poids :

- 1 livre ≈ 500 g
- 1 quintal ≈ 50 kg

Volume :

- 1 muid ≈ 2 000 litres

---

1. Nous ne donnons ici que des approximations car les valeurs de ces unités ont beaucoup fluctué au cours du temps et selon les pays.

DOSSIER

Avez-vous bien lu ?

Microlectures

Figures du héros (groupement de textes n° 1)

La célébration du voyage (groupement de textes n° 2)

Rôles du voyage imaginaire (groupement de textes n° 3)

À votre tour d'Imaginer...

Münchhausen 2.0 !

Un livre, un film

Avez-vous bien lu?

Chapitre 1

1. Comment le cheval du baron se retrouve-t-il accroché au clocher d'une église ?

2. Comment le général russe utilise-t-il la plaque d'argent qu'il a sur le crâne ?

Chapitre 2

3. Quels sont les trois moyens utilisés par le baron pour chasser les canards ?

4. Pourquoi un cerf porte-t-il un cerisier entre ses bois ?

Chapitre 3

5. Comment le baron obtient-il son cheval lituanien ?

Chapitre 4

6. Par quels moyens le baron espionne-t-il les troupes turques ?

Chapitre 5

7. Quel travail le baron doit-il effectuer lors de sa captivité ?

Chapitre 6

8. Comment le baron se débarrasse-t-il à la fois d'un lion et d'un crocodile ?

Chapitre 7

9. De quel genre d'accident le navire du baron est-il victime ?

Chapitre 8

10. Qu'arrive-t-il au baron alors qu'il nage en Méditerranée ?

Chapitre 9

11. Comment le baron entre-t-il en possession d'un mouton grillé ?

Chapitre 10

12. Quels étranges compagnons le baron rencontre-t-il ?

Chapitre 11

13. Quel pari le baron effectue-t-il avec le sultan ?

Chapitre 12

14. Quel exploit du baron est raconté en son absence ?

Chapitre 13

15. De quelle arme particulière le baron a-t-il hérité ?

Chapitre 14

16. Quel déguisement le baron utilise-t-il pour visiter l'ennemi ?

Chapitre 15

17. Pourquoi le chien de chasse du baron se met-il en arrêt au milieu de la mer ?

Chapitre 16

18. Que découvre le baron sur la lune ?

Chapitre 17

19. Où le baron rencontre-t-il le dieu Vulcain ?

20. Par quel monstre le baron est-il avalé ?

Microlectures

MICROLECTURE N° 1 : l'*incipit*

Relisez le texte, de « J'entrepris mon voyage en Russie » à « et me dirigeai gaiement vers Saint-Pétersbourg » (p. 35-38), puis répondez aux questions suivantes.

Les caractéristiques de l'*incipit*

1. Où se situe l'histoire ?

2. Comment le moment de l'histoire est-il indiqué ?

3. Quels sont les éléments de description du baron ?

Un texte réaliste ?

1. Quelles remarques du baron montrent qu'il connaît les pays dont il parle ?

2. Pour quelle raison le baron dort-il dehors ?

3. Le chemin suivi par le baron pour aller de l'Allemagne à Saint-Pétersbourg est-il correct ? Vous vous appuierez sur la carte p. 34 pour répondre à la question.

Un texte merveilleux

1. Quels sont les éléments merveilleux de ce passage ?

2. À quel saint le baron s'identifie-t-il dans ce texte ?

3. Quelle image du baron est donnée dans cet extrait ? Pourquoi ?

MICROLECTURE N° 2 : le voyage en boulet

Relisez le texte, de « Lorsqu'un homme monte un cheval tel que mon lituanien » à « mon cheval que je serrai fortement entre les genoux » (p. 62-64), puis répondez aux questions suivantes.

Un épisode guerrier

1. Quel vocabulaire montre que l'histoire se situe au cours d'une guerre ?

2. Qui est l'ennemi dans ce passage ?

3. Qu'est-ce qui convainc le baron de faire demi-tour ?

Un récit vivant

1. Comment le baron prépare-t-il le lecteur à l'événement extraordinaire qui s'ensuit ?

2. Pourquoi les pensées du baron sont-elles rapportées au style direct ?

3. De quelle manière le baron donne-t-il l'impression de raconter une histoire vraie ?

Des histoires d'équitation

1. Quel est le lien entre les trois anecdotes relatées par le baron ?

2. En quoi le baron est-il le véritable héros de ces histoires ?

3. Pourquoi sont-elles physiquement impossibles ?

MICROLECTURE N° 3 : le pari avec le sultan

Relisez le texte, de « À ces dîners auxquels assistait habituellement le surintendant général » à « mon navire atteignit en quelques heures les côtes d'Italie » (p. 97-101), puis répondez aux questions suivantes.

Un pari dangereux

1. Quel est l'enjeu du pari ?

2. Comment le suspens est-il entretenu dans le texte ?

3. Qui aide le baron ?

Les étapes du conte

1. Quel est l'élément déclencheur de l'histoire ?

2. Quel est l'élément de résolution ?

3. Quelles sont les différentes péripéties ?

Une histoire amusante

1. Quels sont les sentiments éprouvés par le baron ?

2. Quelles qualités du baron ce passage met-il en valeur ?

3. En quoi cet extrait est-il merveilleux ?

MICROLECTURE N° 4 : un autre monde

Relisez le texte, de « Nous voyagions depuis six semaines au-dessus des nuages » à « je suis resté plus fidèle à la vérité qu'aucun autre voyageur » (p. 135-138), puis répondez aux questions suivantes.

Un récit de voyage

1. Quelle est la situation d'énonciation[1] de ce passage ?

2. Comment le baron montre-t-il qu'il a été témoin de ce qu'il raconte ?

3. Comment le baron s'engage-t-il à dire la vérité ?

Une société étrangère

1. Comment le passage est-il organisé ?

2. Quels sont les ressemblances avec notre monde ?

3. Par quels éléments le baron nous permet-il de nous représenter ce monde ?

---

1. Voir note 1, p. 17.

Une utopie

1. Comment la guerre est-elle ridiculisée dans ce passage ?

2. En quoi le corps des Sélénites semble-t-il préférable au nôtre ?

3. Comment comprenez-vous l'anecdote du savant ? Quelle est sa fonction ?

MICROLECTURE N° 5 : la clôture du texte

Relisez le texte, de « Quand nous eûmes erré trois jours durant » à « je prends la liberté de me retirer et de vous souhaiter une bonne nuit » (p. 146-150), puis répondez aux questions suivantes.

L'initiation du héros

1. En quoi l'épisode de la baleine peut-il représenter une mort symbolique ?

2. De quelle manière le baron est-il figuré ici comme un souverain ?

3. En quoi la fin du récit montre-t-elle le retour du héros dans le monde ordinaire ?

La maîtrise du narrateur

1. Par quels moyens le baron tente-t-il de rendre son récit vraisemblable ?

2. Quel effet cherche-t-il à produire sur le lecteur ? Par quels moyens ?

3. Comment le baron montre-t-il qu'il est le seul à conduire le récit ?

Une histoire sans fin

1. À quel épisode l'anecdote finale du « gilet » vous fait-elle penser ?

2. Quels autres éléments renvoient au début du texte ? Quel est l'effet recherché ?

3. Comment le baron suggère-t-il que ses aventures ne sont pas terminées ?

Figures du héros
(groupement de textes n° 1)

Par bien des aspects, le baron de Münchhausen est une synthèse originale des héros qui l'ont précédé. Tour à tour chevalier rêveur, soldat fanfaron, séducteur conquérant ou apôtre de la liberté, il s'inspire de nombreux modèles littéraires.

Don Quichotte : le chevalier rêveur

Cervantès (1547-1616) est l'auteur de *L'Ingénieux Hidalgo Don Quichotte de la Manche*, considéré comme le premier roman moderne. Rêveur idéaliste, Don Quichotte est persuadé de vivre un roman de chevalerie. Il est accompagné de son écuyer Sancho Panza. L'œuvre a donné lieu à de nombreux débats sur son interprétation : Don Quichotte a-t-il raison d'assimiler la réalité à une suite d'aventures romanesques ou est-il fou ? Dans ce passage très célèbre, le héros décide de se battre contre des moulins à vent, pensant que ce sont des géants.

En ce moment, ils découvrirent trente ou quarante moulins à vent qu'il y a dans cette plaine, et, dès que Don Quichotte les vit, il dit à son écuyer : « La fortune[1] conduit nos affaires mieux que ne

1. ***La fortune*** : voir note 4, p. 106.

pourrait y réussir notre désir même. Regarde, ami Sancho, voilà devant nous au moins trente démesurés géants, auxquels je pense livrer bataille et ôter la vie à tous tant qu'ils sont. Avec leurs dépouilles[1], nous commencerons à nous enrichir ; car c'est prise de bonne guerre, et c'est grandement servir Dieu que de faire disparaître si mauvaise engeance[2] de la face de la terre. – Quels géants ? demanda Sancho Panza. – Ceux que tu vois là-bas, lui répondit son maître, avec leurs grands bras, car il y en a qui les ont de presque deux lieues[3] de long. – Prenez donc garde, répliqua Sancho ; ce que nous voyons là-bas ne sont pas des géants, mais des moulins à vent, et ce qui paraît leurs bras ce sont leurs ailes, qui, tournées par le vent, font tourner à leur tour la meule du moulin. – On voit bien, répondit Don Quichotte, que tu n'es pas expert en fait d'aventures : ce sont des géants, te dis-je ; si tu as peur, ôte-toi de là, et va te mettre en oraison[4] pendant que je leur livrerai une inégale et terrible bataille. » En parlant ainsi, il donna de l'éperon à son cheval Rossinante, sans prendre garde aux avis de son écuyer Sancho, qui lui criait qu'à coup sûr c'était des moulins à vent et non des géants qu'il allait attaquer. Pour lui, il s'était si bien mis dans la tête que c'étaient des géants que non seulement il n'entendait point les cris de son écuyer Sancho, mais il ne parvenait pas, même en approchant tout près, à reconnaître la vérité. Au contraire, et tout en courant, il disait à grands cris : « Ne fuyez pas, lâches et viles[5] créatures, c'est un seul chevalier qui vous attaque. » Un peu de vent s'étant alors levé, les grandes ailes commencèrent à se mouvoir[6] ; ce que voyant Don Quichotte, il s'écria : « Quand même vous remueriez plus de bras que le géant Briarée[7], vous allez me le payer. » En disant ces mots, il se

1. ***Dépouilles*** : désignent à la fois ce qu'on prend à l'ennemi (armes, argent, etc.), mais aussi son cadavre.
2. ***Engeance*** : catégorie d'hommes méprisables.
3. Voir « Les unités de mesure », p. 151.
4. ***Oraison*** : prière.
5. ***Viles*** : vilaines, méchantes.
6. ***Se mouvoir*** : bouger.
7. ***Briarée*** : géant de la mythologie grecque qui possédait cent bras et cinquante têtes.

recommande du profond de son cœur à sa dame Dulcinée, la priant de le secourir en un tel péril[1] ; puis, bien couvert de son écu[2], et la lance en arrêt, il se précipite, au plus grand galop de Rossinante, contre le premier moulin qui se trouvait devant lui ; mais, au moment où il perçait l'aile d'un grand coup de lance, le vent la chasse avec tant de furie qu'elle met la lance en pièces, et qu'elle emporte après elle le cheval et le chevalier, qui s'en alla rouler sur la poussière en fort mauvais état.

Miguel de Cervantès, *L'Ingénieux Hidalgo Don Quichotte de la Manche*, trad. Louis Viardot, GF-Flammarion, 2006, I, 8.

1. En quoi les paroles de Don Quichotte font-elles penser à celles d'un héros ?

2. Pourquoi peut-on dire que Sancho Panza est la voix de la raison ?

3. Quels échos de cette scène peut-on retrouver dans les aventures du baron ?

Matamore : le soldat fanfaron

Dans sa pièce *L'Illusion comique*, Corneille (1606-1684) dresse le portrait d'un soldat fanfaron. Ce type de personnage comique remonte à l'Antiquité et à la comédie *Miles gloriosus* de Plaute (IIIe-IIe siècle av. J.-C.). Matamore est un personnage de soldat qui se vante d'exploits qu'il n'a pas accomplis. Il est en réalité lâche et peureux. Ici, il expose ses prouesses à son serviteur Clindor qui est aussi son rival amoureux.

1. ***Péril*** : voir note 1, p. 52.
2. ***Écu*** : bouclier.

MATAMORE

Il est vrai que je rêve, et ne saurais résoudre[1]
Lequel je dois des deux le premier mettre en poudre,
Du grand sophi de Perse, ou bien du grand mogor[2].

CLINDOR

Eh ! de grâce[3], monsieur, laissez-les vivre encor[4].
Qu'ajouterait leur perte à votre renommée ?
D'ailleurs, quand auriez-vous rassemblé votre armée ?

MATAMORE

Mon armée ? Ah, poltron[5] ! ah, traître ! pour leur mort
Tu crois donc que ce bras ne soit pas assez fort ?
Le seul bruit de mon nom renverse les murailles,
Défait les escadrons, et gagne les batailles.
Mon courage invaincu contre les empereurs
N'arme que la moitié de ses moindres fureurs ;
D'un seul commandement que je fais aux trois Parques[6],
Je dépeuple l'État des plus heureux monarques ;
La foudre est mon canon, les Destins[7] mes soldats :
Je couche d'un revers mille ennemis à bas.
D'un souffle je réduis leurs projets en fumée ;
Et tu m'oses parler cependant d'une armée !
Tu n'auras plus l'honneur de voir un second Mars[8] ;
Je vais t'assassiner d'un seul de mes regards,
Veillaque[9] : toutefois, je songe à ma maîtresse ;

1. ***Résoudre*** : décider.
2. ***Sophi, mogor*** : dirigeants de grands empires.
3. ***De grâce*** : s'il vous plaît.
4. ***Encor*** : encore (orthographe vieillie ou poétique).
5. ***Poltron*** : lâche.
6. ***Parques*** : les trois Parques sont les divinités du Destin, et donc de la Mort, dans la mythologie romaine.
7. ***Les Destins*** : les divinités du Destin.
8. ***Mars*** : dieu de la Guerre.
9. ***Veillaque*** : lâche.

Ce penser[1] m'adoucit. Va, ma colère cesse,
Et ce petit archer qui dompte tous les dieux[2]
Vient de chasser la mort qui logeait dans mes yeux.
Regarde, j'ai quitté cette effroyable mine
Qui massacre, détruit, brise, brûle, extermine ;
Et pensant au bel œil qui tient ma liberté,
Je ne suis plus qu'amour, que grâce, que beauté.

Corneille, *L'Illusion comique*,
GF-Flammarion, 2008, acte II, scène 2.

1. Relevez le champ lexical de la guerre. À quel autre champ lexical s'oppose-t-il ?

2. Pourquoi peut-on dire que Matamore exagère ?

3. En quoi Matamore rappelle-t-il certains traits du baron ?

Dom Juan : le séducteur conquérant

Avec le personnage de Dom Juan, Molière (1622-1673) met en scène un séducteur conquérant. Après que le valet Sganarelle a décrit les actions immorales de son maître, celui-ci entre en scène et justifie ses nombreuses conquêtes amoureuses dans une tirade restée célèbre.

DOM JUAN. – Quoi ? tu veux qu'on se lie à demeurer au premier objet[3] qui nous prend, qu'on renonce au monde pour lui, et qu'on n'ait plus d'yeux pour personne ? La belle chose de vouloir se piquer[4] d'un faux honneur d'être fidèle, de s'ensevelir pour toujours dans une passion, et d'être mort dès sa jeunesse à toutes les autres

1. ***Ce penser*** : cette pensée.
2. Il s'agit de Cupidon, divinité romaine de l'Amour, armée d'un arc dont les flèches rendent amoureux.
3. ***Au premier objet*** : à la première personne.
4. ***Se piquer*** : se vanter.

beautés qui nous peuvent frapper les yeux ! Non, non : la constance[1] n'est bonne que pour des ridicules ; toutes les belles ont droit de nous charmer, et l'avantage d'être rencontrée la première ne doit point dérober aux autres les justes prétentions qu'elles ont toutes sur nos cœurs. Pour moi, la beauté me ravit partout où je la trouve, et je cède facilement à cette douce violence dont elle nous entraîne [...]. Quoi qu'il en soit, je ne puis refuser mon cœur à tout ce que je vois d'aimable ; et dès qu'un beau visage me le demande, si j'en avais dix mille, je les donnerais tous. Les inclinations[2] naissantes, après tout, ont des charmes inexplicables, et tout le plaisir de l'amour est dans le changement. On goûte une douceur extrême à réduire, par cent hommages, le cœur d'une jeune beauté, à voir de jour en jour les petits progrès qu'on y fait, à combattre par des transports[3], par des larmes et des soupirs, l'innocente pudeur d'une âme qui a peine à rendre les armes, à forcer pied à pied toutes les petites résistances qu'elle nous oppose, à vaincre les scrupules dont elle se fait un honneur et la mener doucement où nous avons envie de la faire venir. Mais lorsqu'on en est maître une fois, il n'y a plus rien à dire ni rien à souhaiter ; tout le beau de la passion est fini, et nous nous endormons dans la tranquillité d'un tel amour, si quelque objet nouveau ne vient réveiller nos désirs, et présenter à notre cœur les charmes attrayants d'une conquête à faire. Enfin il n'est rien de si doux que de triompher de la résistance d'une belle personne, et j'ai sur ce sujet l'ambition des conquérants, qui volent perpétuellement de victoire en victoire, et ne peuvent se résoudre à borner[4] leurs souhaits. Il n'est rien qui puisse arrêter l'impétuosité[5] de mes désirs : je me sens un cœur à aimer toute la terre ; et comme Alexandre[6], je souhaiterais qu'il y eût d'autres mondes, pour y pouvoir étendre mes conquêtes amoureuses.

---

1. ***La constance*** : la fidélité.
2. ***Inclinations*** : passions.
3. ***Transports*** : sentiments.
4. ***Borner*** : limiter.
5. ***L'impétuosité*** : la violence.
6. Voir note 2, p. 59.

SGANARELLE. – Vertu de ma vie, comme vous débitez ! Il semble que vous ayez appris cela par cœur, et vous parlez tout comme un livre.

Molière, *Dom Juan ou le Festin de pierre*, GF-Flammarion, coll. « Étonnants Classiques », 2012, acte I, scène 2.

1. En quoi Dom Juan est-il présenté comme maître dans l'art de bien parler ?

2. Comment Dom Juan assimile-t-il la séduction à la conquête militaire ?

3. Quels éléments rappellent des traits du baron de Münchhausen ?

Cyrano de Bergerac : le Gascon libre

Si la pièce d'Edmond Rostand (1868-1918) a été écrite très longtemps après les *Aventures du baron de Münchhausen*, le personnage de Cyrano peut cependant être comparé au baron par son caractère composite. Gascon, il reprend la tradition du hâbleur – un personnage qui aime parler de lui et se mettre en valeur – mais il est également soldat, poète et amoureux malheureux en raison de son nez démesuré qui le défigure. Dans l'extrait qui suit, Cyrano explique à l'un de ses amis pourquoi il ne veut pas de protecteur.

CYRANO

Et que faudrait-il faire ?
Chercher un protecteur puissant, prendre un patron,
Et comme un lierre obscur qui circonvient[1] un tronc
Et s'en fait un tuteur en lui léchant l'écorce,
Grimper par ruse au lieu de s'élever par force ?
Non, merci. Dédier, comme tous ils le font,

1. ***Circonvient*** : entoure.

Des vers aux financiers ? se changer en bouffon
Dans l'espoir vil de voir, aux lèvres d'un ministre,
Naître un sourire, enfin, qui ne soit pas sinistre ?
Non, merci. Déjeuner, chaque jour, d'un crapaud ?
Avoir un ventre usé par la marche ? une peau
Qui plus vite, à l'endroit des genoux, devient sale ?
Exécuter des tours de souplesse dorsale [1] ?...
Non, merci. D'une main flatter la chèvre au cou
Cependant que, de l'autre, on arrose le chou [2],
Et donneur de séné par désir de rhubarbe [3],
Avoir un encensoir [4], toujours, dans quelque barbe ?
Non, merci ! Se pousser de giron en giron [5],
Devenir un petit grand homme dans un rond,
Et naviguer, avec des madrigaux [6] pour rames,
Et dans ses voiles des soupirs de vieilles dames ?
Non, merci ! Chez le bon éditeur de Sercy [7]
Faire éditer ses vers en payant ? Non, merci !
S'aller faire nommer pape par les conciles [8]
Que dans les cabarets tiennent des imbéciles ?
Non, merci ! Travailler à se construire un nom
Sur un sonnet, au lieu d'en faire d'autres ? Non,
Merci ! Ne découvrir du talent qu'aux mazettes [9] ?

---

1. ***Dorsale*** : du dos.
2. Référence à l'expression « ménager la chèvre et le chou » qui signifie « essayer de ne pas déplaire à deux personnes opposées ».
3. Référence à l'expression « passez-moi la rhubarbe, je vous passerai le séné » utilisée pour désigner deux personnes qui se font des concessions intéressées.
4. Référence à l'expression « encenser quelqu'un », c'est-à-dire lui faire des compliments exagérés.
5. ***Se pousser de giron en giron*** : se mettre sur les genoux de nombreuses personnes.
6. ***Madrigaux*** : poèmes.
7. Les frères de Sercy furent libraires à Paris au XVIIe siècle.
8. ***Conciles*** : réunions, assemblées.
9. ***Mazettes*** : incapables.

Être terrorisé par de vagues gazettes[1],
Et se dire sans cesse : « Oh, pourvu que je sois
Dans les petits papiers du *Mercure François*[2] ? »...
Non, merci ! Calculer, avoir peur, être blême[3],
Préférer faire une visite qu'un poème,
Rédiger des placets[4], se faire présenter ?
Non, merci ! non, merci ! non, merci ! Mais... chanter,
Rêver, rire, passer, être seul, être libre,
Avoir l'œil qui regarde bien, la voix qui vibre,
Mettre, quand il vous plaît, son feutre[5] de travers,
Pour un oui, pour un non, se battre, – ou faire un vers !
Travailler sans souci de gloire ou de fortune[6],
À tel voyage, auquel on pense, dans la lune !
N'écrire jamais rien qui de soi ne sortît,
Et modeste d'ailleurs, se dire : mon petit,
Sois satisfait des fleurs, des fruits, même des feuilles,
Si c'est dans ton jardin à toi que tu les cueilles !
Puis, s'il advient d'un peu triompher, par hasard,
Ne pas être obligé d'en rien rendre à César[7],
Vis-à-vis de soi-même en garder le mérite,
Bref, dédaignant d'être le lierre parasite,
Lors même qu'on n'est pas le chêne ou le tilleul,
Ne pas monter bien haut, peut-être, mais tout seul !

Edmond Rostand, *Cyrano de Bergerac*, GF-Flammarion,
coll. « Étonnants Classiques », 2012, acte II, scène 8.

---

1. ***Gazettes*** : journaux.
2. Le *Mercure François* est considéré comme la première revue française connue. Elle relatait tous les événements importants depuis l'année 1605 et s'interrompit en 1648.
3. ***Blême*** : pâle.
4. ***Placets*** : demandes de faveurs.
5. ***Feutre*** : chapeau.
6. ***La fortune*** : voir note 4, p. 106.
7. ***Rendre à César*** : référence à l'expression « rendre à César ce qui est à César, et à Dieu ce qui appartient à Dieu ». Elle signifie : rendre le mérite de quelque chose à son auteur.

1. Comment la tirade de Cyrano est-elle construite ?

2. En quoi fait-il l'éloge de la liberté ?

3. Comment ce goût de la liberté se trouve-t-il aussi chez le baron de Münchhausen ?

La célébration du voyage

(groupement de textes n° 2)

Le thème du voyage en littérature remonte probablement à l'*Odyssée* d'Homère au VIIIe siècle avant notre ère. Au fil du temps, et plus particulièrement lors des grandes découvertes, des explorateurs ont entrepris de publier les récits de leurs périples (comme *Le Devisement du monde* de Marco Polo au XIIIe siècle), qui célèbrent la rencontre avec l'inconnu.

Repousser les limites

Constantine John Phipps (1744-1792) est un explorateur célèbre pour avoir mené une expédition au pôle Nord en 1773 avec deux navires dans le but de découvrir de nouveaux territoires. En tant que naturaliste [1], il a profité de ce voyage pour se livrer à des mesures et à l'observation de la faune et de la flore. Mais, le 5 août 1773, les navires sont pris dans les glaces et il lui faut renoncer à aller plus loin.

Le 5, comme il devenait à chaque instant moins probable que l'on pût dégager les vaisseaux, et que la saison était déjà fort avancée, il fallait se hâter de prendre une résolution sur les moyens qu'on emploierait

1. ***Naturaliste*** : savant spécialiste d'histoire naturelle (botaniste, zoologiste, etc.).

pour sauver les équipages. […] J'envoyai M. Walden, un des officiers de poupe et deux pilotes[1], sur une île qui était à environ deux milles[2], et que j'ai appelée dans les cartes Île de Walden ; je les chargeai d'examiner attentivement si la mer était ouverte de quelque côté.

Le 6, M. Walden et les pilotes revinrent le matin, et rapportèrent que la glace, quoique fermée entièrement tout autour de nous, était ouverte à l'ouest le long de la pointe par où nous étions venus. […] Nous étions dans une cruelle alternative ; il fallait attendre patiemment si un bon temps ne réchaufferait pas les vaisseaux en pleine mer, ou bien il fallait sauver nos équipages dans les chaloupes[3]. […] D'un côté, nous ne devions pas abandonner trop précipitamment l'espoir de dégager les vaisseaux, et de l'autre, nous ne pouvions nous y livrer que lorsqu'il ne nous resterait plus aucun autre moyen de délivrance. Comme nous n'avions point de havre[4] ni de port pour les y retirer, en les laissant là pendant l'hiver, il n'y avait point d'apparence qu'ils pussent encore servir au printemps ; nous avions très peu de provisions pour cette entreprise, si d'ailleurs on pouvait l'exécuter […]. D'un autre côté, l'entreprise de traîner les chaloupes à une si grande distance sur la glace et d'y embarquer les deux équipages ne présentait pas des difficultés moins effrayantes ; et en restant plus longtemps dans cet endroit, nous nous exposions à y être bientôt surpris par le mauvais temps qui approchait. […] J'assemblai les officiers des deux équipages, et je les informai du dessein où j'étais de préparer les chaloupes pour nous sauver. Je les fis mettre dehors tout de suite, ainsi que les canots, et nous prîmes toutes les précautions qui dépendaient de nous pour les renforcer et les rendre plus solides. […] J'envoyai aussi un matelot au nord, et la *Carcasse*[5] en envoya un autre à l'est, afin qu'en sondant partout où ils trouveraient des crevasses dans la glace, nous fussions avertis du danger avant que les vaisseaux ou la glace à laquelle ils étaient attachés

1. ***Pilotes*** : voir note 4, p. 89.
2. ***Milles*** : voir « Les unités de mesure », p. 151.
3. ***Chaloupes*** : voir note 2, p. 121.
4. ***Havre*** : lieu abrité qui peut servir de refuge aux navires.
5. ***La* Carcasse** : l'un des deux navires de l'expédition.

prissent fond[1]. Dans ce cas, quelques minutes auraient suffi pour les mettre en pièces ou les couler à fond. Le temps était mauvais ; la plus grande partie du jour fut brumeuse et un peu froide.

Constantine John Phipps, *Voyage au Pôle Boréal*,
trad. anonyme, 1775.

1. Quelles sont les deux solutions possibles pour sauver les équipages ?

2. Laquelle Phipps choisit-il ? Pourquoi ?

3. Comparez la raison qui oblige Phipps à faire demi-tour à celle donnée par Münchhausen dans le chapitre 14. Qu'en pensez-vous ?

Aller vers l'inconnu

James Cook (1728-1779) est un explorateur anglais qui organisa trois voyages dans l'océan Pacifique entre 1768 et 1779 à bord de son navire *l'Endeavour*. Lors de son premier voyage (1768-1771), il est le premier Européen à débarquer en Australie. Le 29 avril 1770, il atteint une baie qui sera nommée *Botany Bay* (baie de la Botanique) et découvre ses habitants.

29 avril. Dans l'après-midi, vents du sud et temps clair, avec lequel nous continuâmes à porter sur la baie, et nous jetâmes l'ancre au-dessous de la côte sud [...]. En avançant, nous découvrîmes sur les deux pointes de la baie plusieurs naturels[2] du pays et quelques huttes ; des hommes, des femmes et des enfants, sur la rive sud, en face du navire ; je m'y rendis avec les canots, accompagné de monsieur Banks[3], du docteur Solander et de Toupia[4]. Comme nous

1. ***Prissent fond*** : touchent le fond de la mer.
2. ***Naturels*** : les Aborigènes, autochtones d'Australie.
3. ***Joseph Banks*** (1743-1820) : naturaliste britannique.
4. ***Toupia*** (ou Tupaia) : Tahitien embarqué avec Cook. Excellent navigateur, il sert aussi souvent d'interprète et de négociateur.

approchions du rivage, ils s'enfuirent tous, excepté deux hommes qui semblaient décidés à nous empêcher de débarquer. Aussitôt que je m'en aperçus, je donnai l'ordre de cesser de ramer afin de leur parler, car ni nous ni Toupia ne comprenions un mot de ce qu'ils disaient. Nous leur jetâmes quelques clous, verroteries [1], etc., qu'ils ramassèrent, et qui semblèrent ne pas leur déplaire, si bien que je crus qu'ils nous faisaient signe de débarquer ; mais je me trompais, car aussitôt que le bateau s'approcha ils s'avancèrent pour essayer de l'en empêcher, sur quoi je fis tirer un coup de fusil entre eux deux, ce qui n'eut d'autre effet que de les faire reculer jusqu'à un endroit où ils avaient des paquets de javelines [2], et l'un d'eux prit une pierre et nous la jeta. Je fis tirer une deuxième fois avec du menu plomb [3] : cela n'eut pas d'autre effet que lui faire saisir un bouclier. Tout de suite après nous débarquâmes ; ce ne fut pas plus tôt fait qu'ils nous décochèrent deux javelines, ce qui m'obligea à faire feu une troisième fois, et bientôt après ils se retirèrent, mais pas tellement vite que nous n'eussions pu nous saisir de l'un d'eux. Mais monsieur Banks était d'avis que les javelines étaient empoisonnées, et je jugeai plus prudent de ne pas nous hasarder dans les bois. Nous trouvâmes là quelques petites huttes en écorce, dans une desquelles il y avait quatre ou cinq petits enfants, auxquels nous laissâmes quelques verroteries, etc. Il y avait trois canots sur la plage, les plus mal travaillés que j'eusse jamais vus ; ils étaient longs d'environ douze ou quatorze pieds [4], faits d'un seul morceau d'écorce serrée et attachée à chaque bout, et le milieu maintenu ouvert au moyen de bâtons en guise de traverses. […] Les colliers de verroterie, etc., que nous avions laissés aux enfants étaient encore dans les huttes le lendemain matin ; les naturels n'avaient probablement pas osé les emporter. […]

1er mai. Brises légères du nord. […] Hier soir, le matelot Forby Sutherland passa de vie à trépas [5], et le matin, son corps fut enterré

---

1. ***Verroteries*** : petits bijoux en verre de peu de valeur.
2. ***Javelines*** : javelots légers.
3. ***Menu plomb*** : petites munitions.
4. ***Pieds*** : voir « Les unités de mesure », p. 151.
5. ***Passa de vie à trépas*** : mourut.

près du lieu de l'aiguade [1], et je donnai son nom à la pointe méridionale de la baie. Ce matin, nous fûmes quelques-uns à aller à terre visiter, non loin du lieu de l'aiguade, des huttes où quelques naturels continuaient d'aller tous les jours. Nous y laissâmes divers objets tels que miroirs, peignes, clous, verroteries, et de l'étoffe. Après cela, nous fîmes une excursion dans le pays, dont l'aspect est diversifié par des bois, des prés, des marécages. Dans les bois, rien ne pousse sous les arbres ; et ceux-ci sont si espacés que l'on pourrait cultiver tout ou presque tout le pays sans abattre un seul arbre. Nous trouvâmes que le sol était partout, sauf dans les marécages, d'un sable blanc et léger, recouvert d'une bonne herbe qui croît par petites touffes serrées les unes contre les autres, qu'on peut tenir à poignées. Dans les bois, entre les arbres, le docteur Solander aperçut de loin un petit animal qui ressemblait à un lapin [2] [...].

6 mai. Le soir la yole [3] revint de la pêche avec deux pastenagues [4] qui pesaient ensemble près de six cents livres. Monsieur Banks et le docteur Solander trouvèrent dans cette baie une si grande quantité de plantes que je lui donnai le nom de « baie de la Botanique ».

James Cook, *Relations de voyages autour du monde*,
trad. Gabrielle Rives, © Julliard, 1954.

1. Par quels moyens les Européens tentent-ils de communiquer avec les Aborigènes ?

2. Comment s'explique le nom « baie de la Botanique » ?

3. Comparez ce passage avec celui du baron de Münchhausen évoquant la baie (appelée *Botany Bay* dans le texte) et ses environs dans le chapitre 17 (p. 143).

---

1. ***Lieu de l'aiguade*** : lieu où un navire fait provision d'eau douce.
2. ***Lapin*** : il s'agit en fait d'un kangourou.
3. ***Yole*** : petit canot léger, à rames ou à voiles.
4. ***Pastenagues*** : raies venimeuses qui peuvent atteindre 2 mètres de long.

Découvrir l'autre

Le baron François de Tott (1733-1793) est un militaire et diplomate français d'origine hongroise qui effectua de nombreuses missions dans l'Empire ottoman. Il arrive à Constantinople en mai 1755, accompagnant son oncle, le comte de Vergennes, nommé ambassadeur. Il décide d'apprendre la langue turque.

L'étude de la langue turque pouvait seule me conduire à celle des mœurs [1] et des usages de cette nation ; ce fut aussi mon premier soin [2], et je crus devoir me refuser aux instances [3] qu'on me fit alors, de commencer par la lecture des voyageurs [4] qui ont parlé des Orientaux ; ce qu'ils pouvaient abréger de mon travail, me parut moins utile que les erreurs qu'ils pouvaient me donner ne me parurent à craindre.

Mon maître turc commença par me faire apprendre à écrire, c'est la règle. L'habitude du dessin m'y fit faire quelques progrès ; je lus ensuite, et alors les difficultés se multiplièrent ; la suppression des voyelles suffit pour donner une idée de mes premiers embarras et du travail pénible et fastidieux qu'il me fallut subir ; mais il y a plus encore ; les Turcs en suppléant à la pauvreté de leur langue originelle, par l'adoption totale de l'arabe et du persan, en se composant cinq alphabets, dont les différents caractères sont cependant au choix des écrivains, ont encore créé de nouveaux obstacles à l'instruction, et quand la vie d'un homme suffit à peine pour apprendre à bien lire, que lui reste-t-il pour choisir ses lectures, pour profiter de ce qu'il aura lu ? […]

Mon maître de langue, persan d'origine, grand partisan de la poésie, s'enivrait également d'opium et d'eau-de-vie, je passais deux heures chaque jour dans cet agréable tête-à-tête ; je m'occupais surtout à employer tous les mots que ma mémoire accumulait, et je ne fus pas plus tôt en état de l'entendre, qu'il me demanda d'un air empressé ce que c'était qu'une odeur qu'il avait remarquée en

1. ***Mœurs*** : voir note 6, p. 39.
2. ***Mon premier soin*** : ce dont je me souciais en premier.
3. ***Instances*** : ici, recommandations.
4. ***Voyageurs*** : ici, ceux qui s'y sont rendus en voyage.

entrant chez moi. Je lui montrai un flacon d'eau de lavande, [...] mais je ne crus pas devoir continuer à l'abreuver d'une boisson aussi dangereuse.

François de Tott, *Mémoires du baron de Tott sur les Turcs et les Tartares*, Amsterdam, 1785.

1. Quel est l'intérêt pour le baron de Tott d'apprendre la langue turque ?

2. Quelles difficultés rencontre-t-il ?

3. En quoi Münchhausen a-t-il pu s'inspirer de ce passage pour le chapitre 11 ?

Vérifier la tradition

Patrick Brydone (1736-1818) est un voyageur écossais qui visita l'Italie, la Sicile et Malte entre 1767 et 1771. Il raconta dans des lettres son voyage en Sicile et rencontra un grand succès. Dans l'extrait suivant, il compare l'île de Gozo, appartenant à l'archipel de Malte, qu'il découvre, à ce qu'en disent les textes anciens.

Malte n'est pas éloignée de Gozo de plus de quatre ou cinq milles[1], et la petite île de Comino est entre les deux. Les côtes de ces trois îles sont stériles et nues, mais couvertes de tours, de redoutes[2] et de fortifications de différentes espèces.

Comme Gozo passe pour être la fameuse île de Calypso[3], vous imaginez bien que nous nous attendions à y trouver quelques beautés naturelles : mais nous avons été trompés. Elle a singulièrement

1. ***Milles*** : voir « Les unités de mesure », p. 151.
2. ***Redoutes*** : fortifications.
3. ***Calypso*** : nymphe qui selon la mythologie garda Ulysse prisonnier pendant dix années dans une grotte de l'île d'Ogygie, que l'on situe souvent près de Gibraltar ou de Malte. Homère en donne une description merveilleuse (*Odyssée*, V, v. 59-73).

dégénéré depuis le temps où cette déesse l'habitait, ou bien l'archevêque de Cambrai [1] et Homère l'ont beaucoup flattée dans leur description. Nous cherchâmes le long de la côte la grotte de Calypso ; mais nous ne pûmes rien découvrir qui lui ressemblât. Nous n'avons vu ni ces vertes prairies perpétuellement couvertes de fleurs, ni ces grands arbres toujours fleuris, dont la tête se perdait dans les nues, et qui couvraient de leur ombrage les bains sacrés de la déesse et des nymphes. Nous avons aperçu quelques nymphes ; mais comme Calypso et Eucharis n'étaient pas du nombre, nous avons fait peu attention à elles. Je ne craignais point que mon Télémaque [2] fût séduit ; il aurait fallu en effet une imagination aussi exaltée que celle de Don Quichotte, pour se prêter à un pareil enchantement.

Lorsque nous vîmes que nos espérances étaient frustrées, nous ordonnâmes à nos matelots de gagner le large, et nous dîmes adieu à l'île de Calypso, en concluant, ou que les deux auteurs dont j'ai parlé ne l'ont pas peinte d'après nature, ou que cette terre et ses habitants ont beaucoup changé.

Patrick Brydone, *Voyage en Sicile et à Malte*,
trad. Jean-Nicolas Démeunier, éd. Pissot et Le Jay,
Amsterdam et Paris, 1775.

1. Comparez la description d'Homère et celle de Brydone. Comment Brydone explique-t-il leurs différences ?

2. Quels signes montrent que le ton de Brydone est humoristique et qu'il ne s'attendait pas réellement à trouver la grotte de Calypso ?

---

1. ***L'archevêque de Cambrai*** : il s'agit ici de Fénelon (1651-1715), auteur d'un roman didactique, *Les Aventures de Télémaque* (1699), dans lequel on suit le fils d'Ulysse accompagné de son précepteur Mentor. Ils voyagent dans la Méditerranée antique, ce qui permet l'éducation politique et morale du jeune homme. Au cours de leurs voyages, ils rencontrent Calypso dont Télémaque tombe amoureux. Mais il tombe également amoureux de la nymphe Eucharis (livre 6).
2. ***Mon Télémaque*** : ici, l'expression désigne le jeune lord William Fullarton que Brydone était chargé d'accompagner.

3. En quoi la démarche de Brydone est opposée à celle de Münchhausen, notamment dans le chapitre 17 ?

Rôles du voyage imaginaire
(groupement de textes n° 3)

Si les récits de voyages réels ont eu un grand succès, les récits de voyages imaginaires sont également très fréquents en littérature. Quel est l'intérêt de raconter un voyage inventé ? Ces récits sont investis de différentes fonctions, qu'on retrouve dans les *Aventures du baron de Münchhausen*.

Jonas et la baleine : le voyage formateur

Ce conte biblique, probablement rédigé au IIIe siècle av. J.-C., raconte l'histoire de Jonas qui fut avalé par une baleine. Celle-ci a influencé de nombreux auteurs à travers les siècles, de l'*Histoire véritable* de Lucien (IIe siècle de notre ère) aux *Aventures de Pinocchio* de Collodi (au XIXe siècle). Mais, dans le texte biblique, elle possède une fonction symbolique, celle de l'initiation et de la formation spirituelle du héros : Jonas, qui cherche à désobéir à Dieu, finit par rentrer dans le droit chemin.

La parole de Yahweh[1] fut adressée à Jonas, fils d'Amathi, en ces termes : « Lève-toi, va à Ninive[2], la grande ville, et prêche contre elle ; car leur méchanceté est montée jusqu'à moi. » Et Jonas se leva pour s'enfuir à Tharsis[3], loin de la face de Yahweh. Il descendit à

1. *Yahweh (ou Yahvé)* : nom de Dieu dans la Bible.
2. *Ninive* : capitale de l'empire assyrien en Mésopotamie.
3. *Tharsis* : ville dont la localisation est incertaine.

Joppé[1], et trouva un vaisseau qui allait à Tharsis et, ayant payé son passage, il y descendit pour aller avec eux à Tharsis, loin de la face de Yahweh. Mais Yahweh fit souffler un grand vent sur la mer, et il y eut sur la mer une grande tempête ; le vaisseau menaçait de se briser.

Les mariniers eurent peur ; ils crièrent chacun à leur dieu, et jetèrent à la mer les objets qui étaient sur le vaisseau, pour s'alléger. Et Jonas était descendu au fond du navire ; il s'était couché et dormait profondément. Alors le chef de l'équipage s'approcha de lui et lui dit : « Qu'as-tu à dormir ? Lève-toi, invoque ton Dieu ; peut-être Dieu pensera-t-il à nous, et nous ne périrons point ! » Et ils se dirent les uns aux autres : « Venez, jetons les sorts[2], afin que nous sachions de qui nous vient ce mal. » Ils jetèrent les sorts, et le sort tomba sur Jonas. Alors ils lui dirent : « Dis-nous donc à cause de qui nous arrive ce mal ; quelle est ta profession, d'où viens-tu, quel est ton pays et de quel peuple es-tu ? » Il leur répondit : « Je suis un Hébreu et j'adore Yahweh, le Dieu du ciel, qui a fait la mer et la terre. » Les hommes furent saisis d'une grande crainte, et ils lui dirent : « Qu'as-tu fait ! » Car les hommes savaient qu'il s'enfuyait loin de la face de Yahweh, parce qu'il le leur avait déclaré. Ils lui dirent : « Que te ferons-nous, pour que la mer s'apaise pour nous ? »

Car la mer continuait de se soulever de plus en plus. Il leur répondit : « Prenez-moi et me jetez à la mer, et la mer s'apaisera pour vous ; car je sais que c'est à cause de moi que cette grande tempête est venue sur vous. » [...] Et prenant Jonas, ils le jetèrent à la mer ; et la mer calma sa fureur. Et les hommes furent saisis d'une grande crainte pour Yahweh ; ils offrirent un sacrifice à Yahweh et firent des vœux.

Et Yahweh fit venir un grand poisson pour engloutir Jonas ; et Jonas fut dans les entrailles du poisson trois jours et trois nuits. Et des entrailles du poisson Jonas pria Yahweh, son Dieu. Il dit : « De la détresse où j'étais, j'ai invoqué Yahweh, et il m'a répondu ; du

1. ***Joppé*** : ville portuaire d'Israël, aujourd'hui appelée Jaffa.
2. ***Jetons les sorts*** : tirons au sort.

ventre du schéol[1], j'ai crié : vous[2] avez entendu ma voix. […] Mais moi, aux accents de louange, je vous offrirai un sacrifice ; le vœu que j'ai fait, je l'accomplirai. À Yahweh est le salut ! »

Yahweh parla au poisson, et le poisson vomit Jonas sur la terre. La parole de Yahweh fut adressée une seconde fois à Jonas, en ces termes : « Lève-toi, va à Ninive, la grande ville, et prêche-lui la prédication[3] que je te dirai. » Et Jonas se leva et alla à Ninive, selon la parole de Yahweh.

Livre de Jonas, Ancien Testament, trad. A. Crampon (1904), 1, 1-12 et 15-16 ; 2, 1-3 et 10-11 ; et 3, 1-3.

1. En quoi Dieu est-il une force agissante dans ce conte ?

2. Comment le changement de Jonas est-il montré ?

3. De quels épisodes des aventures du baron peut-on rapprocher cet extrait ?

Le discours d'un Tahitien : le voyage critique

Au XVIIIe siècle, les auteurs des Lumières[4] utilisent la fiction pour exposer leurs idées. Dans le *Supplément au Voyage de Bougainville* (1772), Diderot (1713-1784) s'inspire du récit de voyage du comte de Bougainville, dans lequel il relate son tour du monde et notamment son arrivée sur l'île de Tahiti. Diderot décide de lui répondre en donnant la parole aux Tahitiens afin de dénoncer la menace que représentent les nouveaux arrivants, par l'intermédiaire d'un vieillard prononçant un discours au départ de Bougainville.

1. ***Schéol*** : séjour des morts.
2. C'est à Dieu que Jonas s'adresse par ce « vous ».
3. ***La prédication*** : le sermon qui enseigne la foi aux fidèles.
4. Voir note 1, p. 9.

« Pleurez, malheureux Tahitiens ! pleurez ; mais que ce soit de l'arrivée, et non du départ de ces hommes ambitieux et méchants : un jour, vous les connaîtrez mieux. Un jour, ils reviendront, le morceau de bois [1] que vous voyez attaché à la ceinture de celui-ci, dans une main, et le fer [2] qui pend au côté de celui-là, dans l'autre, vous enchaîner, vous égorger, ou vous assujettir à leurs extravagances [3] et à leurs vices ; un jour vous servirez sous eux, aussi corrompus, aussi vils [4], aussi malheureux qu'eux. Mais je me console ; je touche à la fin de ma carrière [5] ; et la calamité que je vous annonce, je ne la verrai point. Tahitiens ! mes amis ! vous auriez un moyen d'échapper à un funeste avenir ; mais j'aimerais mieux mourir que de vous en donner le conseil. Qu'ils s'éloignent, et qu'ils vivent. »

Puis s'adressant à Bougainville, il ajouta : « Et toi, chef des brigands qui t'obéissent, écarte promptement [6] ton vaisseau de notre rive : nous sommes innocents, nous sommes heureux ; et tu ne peux que nuire à notre bonheur. Nous suivons le pur instinct de la nature ; et tu as tenté d'effacer de nos âmes son caractère. Ici tout est à tous ; et tu nous as prêché je ne sais quelle distinction du *tien* et du *mien*. Nos filles et nos femmes nous sont communes ; tu as partagé ce privilège avec nous ; et tu es venu allumer en elles des fureurs inconnues. Elles sont devenues folles dans tes bras ; tu es devenu féroce entre les leurs. Elles ont commencé à se haïr ; vous vous êtes égorgés pour elles ; et elles nous sont revenues teintes de votre sang. Nous sommes libres ; et voilà que tu as enfoui dans notre terre le titre de notre futur esclavage. Tu n'es ni un dieu, ni un démon : qui es-tu donc, pour faire des esclaves ? Orou [7] ! toi qui entends la langue de ces hommes-là, dis-nous à tous, comme tu me l'as dit à moi, ce qu'ils ont écrit sur cette lame de métal : *Ce pays est à nous*. Ce pays est à

---

1. Il s'agit d'un crucifix.
2. Il s'agit d'une épée.
3. ***Extravagances*** : folies.
4. Voir note 5, p. 161.
5. ***Je touche à la fin de ma carrière*** : j'arrive à la fin de ma vie.
6. ***Promptement*** : rapidement.
7. ***Orou*** est un Tahitien qui a décidé de repartir avec les Français.

toi ! et pourquoi ? Parce que tu y as mis le pied ? Si un Tahitien débarquait un jour sur vos côtes, et qu'il gravât sur une de vos pierres ou sur l'écorce d'un de vos arbres : *Ce pays appartient aux habitants de Tahiti*, qu'en penserais-tu ? Tu es le plus fort ! Et qu'est-ce que cela fait ? Lorsqu'on t'a enlevé une des méprisables bagatelles [1] dont ton bâtiment est rempli, tu t'es récrié, tu t'es vengé ; et dans le même instant tu as projeté au fond de ton cœur le vol de toute une contrée ! Tu n'es pas esclave : tu souffrirais la mort plutôt que de l'être, et tu veux nous asservir ! Tu crois donc que le Tahitien ne sait pas défendre sa liberté et mourir ? Celui dont tu veux t'emparer comme de la brute, le Tahitien, est ton frère. Vous êtes deux enfants de la nature ; quel droit as-tu sur lui qu'il n'ait pas sur toi ? Tu es venu ; nous sommes-nous jetés sur ta personne ? Avons-nous pillé ton vaisseau ? T'avons-nous saisi et exposé aux flèches de nos ennemis ? T'avons-nous associé dans nos champs au travail de nos animaux ? Nous avons respecté notre image en toi. Laisse-nous nos mœurs [2], elles sont plus sages et plus honnêtes que les tiennes.

Denis Diderot, *Supplément au Voyage de Bougainville*, GF-Flammarion, coll. « Étonnants Classiques », 2013, II.

1. Quel est l'intérêt de donner ici la parole à un vieillard tahitien ?

2. Que dénonce-t-il dans son discours ?

3. En quoi peut-on rapprocher le discours critique de cet extrait de certains passages des aventures du baron ?

Autour de la Lune **: l'exploration scientifique**

Jules Verne (1828-1905) a écrit de nombreux romans d'aventures. En plaçant la science au centre de ses récits, il invente des machines

1. ***Méprisables bagatelles*** : babioles sans intérêt.

2. ***Mœurs*** : voir note 6, p. 39.

gigantesques qui ont anticipé les évolutions technologiques à venir. En 1865, dans son roman *De la Terre à la Lune*, il imagine que l'humanité parvient à envoyer un obus habité sur l'astre céleste. À son bord, le savant Nicholl, l'explorateur Michel Ardan et Barbicane, initiateur du projet. La suite, *Autour de la Lune* (1869), montre les mêmes personnages, alors qu'ils approchent du satellite. Ils se livrent à leurs premières observations.

Voici, cependant, une exacte description de ce que voyaient, de cette hauteur, Barbicane et ses compagnons.

Des colorations assez variées apparaissaient par larges plaques sur le disque. Les sélénographes [1] ne sont pas d'accord sur la nature de ces colorations. Elles sont diverses et assez vivement tranchées. Julius Schmidt [2] prétend que si les océans terrestres étaient mis à sec, un observateur sélénite lunaire ne distinguerait pas sur le globe, entre les océans et les plaines continentales, des nuances aussi diversement accusées [3] que celles qui se montrent sur la Lune à un observateur terrestre. Selon lui, la couleur commune aux vastes plaines connues sous le nom de « mers » est le gris sombre mélangé de vert et de brun. Quelques grands cratères présentent aussi cette coloration.

Barbicane connaissait cette opinion du sélénographe allemand, opinion partagée par MM. Beer [4] et Maedler [5]. Il constata que l'observation leur donnait raison contre certains astronomes qui n'admettent que la coloration grise à la surface de la Lune. En de certains espaces, la couleur verte était vivement accusée, telle qu'elle ressort, selon Julius Schmidt, des mers de la Sérénité et des

1. ***Sélénographes*** : ce terme, composé de « Séléné » (la lune) et de « graphie » (écrire, dessiner), désigne les savants qui s'efforcent de décrire la lune et de la cartographier (comme les géographes avec la terre).
2. ***Johann Friedrich Julius Schmidt*** (1825-1884) : astronome, sélénographe et géophysicien allemand.
3. ***Accusées*** : marquées, nettes.
4. ***Wilhelm Beer*** (1797-1850) : astronome allemand.
5. ***Johann Heinrich von Mädler*** (1794-1874) : astronome allemand qui collabora avec W. Beer.

Humeurs[1]. Barbicane remarqua également de larges cratères dépourvus de cônes intérieurs, qui jetaient une couleur bleuâtre analogue aux reflets d'une tôle d'acier fraîchement polie. Ces colorations appartenaient bien réellement au disque lunaire, et ne résultaient pas, suivant le dire de quelques astronomes, soit de l'imperfection de l'objectif des lunettes, soit de l'interposition de l'atmosphère terrestre. Pour Barbicane, aucun doute n'existait à cet égard. Il observait à travers le vide et ne pouvait commettre aucune erreur d'optique. Il considéra le fait de ces colorations diverses comme acquis à la science. Maintenant ces nuances de vert étaient-elles dues à une végétation tropicale, entretenue par une atmosphère dense et basse ? Il ne pouvait encore se prononcer.

Plus loin, il nota une teinte rougeâtre, très suffisamment accusée. Pareille nuance avait été observée déjà sur le fond d'une enceinte isolée, connue sous le nom de cirque de Lichtenberg[2], qui est située près des monts Hercyniens sur le bord de la Lune, mais il ne put en reconnaître la nature.

Il ne fut pas plus heureux[3] à propos d'une autre particularité du disque, car il ne put en préciser exactement la cause. Voici cette particularité.

Michel Ardan était en observation près du président[4], quand il remarqua de longues lignes blanches, vivement éclairées par les rayons directs du Soleil. C'était une succession de sillons lumineux très différents du rayonnement que Copernic[5] présentait naguère. Ils s'allongeaient parallèlement les uns aux autres.

Michel, avec son aplomb habituel, ne manqua pas de s'écrier :

« Tiens ! des champs cultivés !

---

1. ***Mers de la Sérénité et des Humeurs*** : mers lunaires.

2. ***Cirque de Lichtenberg*** : relief de la lune.

3. ***Heureux*** : ici, chanceux.

4. Il s'agit de Barbicane.

5. ***Nicolas Copernic*** (1473-1543) : médecin et astronome polonais. Il est célèbre pour avoir défendu la théorie selon laquelle la terre tourne autour du soleil, alors qu'on croyait généralement que la terre était immobile au centre de l'univers.

– Des champs cultivés ? répondit Nicholl, haussant les épaules.

– Labourés tout au moins, répliqua Michel Ardan. Mais quels laboureurs que ces Sélénites, et quels bœufs gigantesques ils doivent atteler à leur charrue pour creuser de tels sillons !

– Ce ne sont pas des sillons, dit Barbicane, ce sont des rainures.

– Va pour des rainures, répondit docilement Michel. Seulement qu'entend-on par des rainures dans le monde scientifique ? »

Barbicane apprit aussitôt à son compagnon ce qu'il savait des rainures lunaires. Il savait que c'étaient des sillons observés sur toutes les parties non montagneuses du disque ; que ces sillons, le plus souvent isolés, mesurent de quatre à cinquante lieues[1] de longueur ; que leur largeur varie de mille à quinze cents mètres, et que leurs bords sont rigoureusement parallèles ; mais il n'en savait pas davantage, ni sur leur formation ni sur leur nature.

Barbicane, armé de sa lunette, observa ces rainures avec une extrême attention. Il remarqua que leurs bords étaient formés de pentes extrêmement raides. C'étaient de longs remparts parallèles, et avec quelque imagination on pouvait admettre l'existence de longues lignes de fortifications élevées par les ingénieurs sélénites.

Jules Verne, *Autour de la Lune*,
Le Livre de poche, 2012, chapitre 13.

1. Pourquoi le texte est-il surtout descriptif ? Quel est le but de l'auteur ?

2. Quelles sont les hypothèses formées par les personnages ?

3. De quels épisodes des aventures du baron peut-on rapprocher ce passage ?

---

1. ***Lieues*** : voir « Les unités de mesure », p. 151.

À votre tour d'imaginer…

Un voyage au bout de la Terre

À la manière des *Aventures du baron de Münchhausen*, imaginez que vous rencontrez, au bout du monde ou sur une autre planète, une civilisation très différente de la nôtre. Racontez la découverte de ce lieu à la première personne et en utilisant le passé simple.

Un nouveau récit du baron

Imaginez une nouvelle aventure du baron dans la civilisation que vous venez de décrire. Vous vous inspirerez du voyage du héros, en reprenant plusieurs de ses étapes, de manière à proposer un récit complet.

Münchhausen 2.0 !

Comparer différentes représentations d'un même personnage

En vous référant au cahier photos et en vous renseignant sur l'histoire de David et sur celle de Samson, comparez les différentes représentations de ces personnages.

David et Goliath

Le site de l'Institut européen en sciences des religions propose un diaporama sur le thème de David, personnage de la Bible et du Coran (sous le nom de Daoud). Pour accéder à ces supports, saisissez dans votre moteur de recherche : « iesr », « diaporama », « David et Goliath » ; puis dans la rubrique « Enseigner le fait religieux », cliquez sur « Diaporama "Autour de David et Goliath" ». Celui-ci est accompagné d'un commentaire dans « Commentaires du diaporama ».

À partir de ces éléments, comparez les différentes représentations du mythe de David et Goliath.

Samson

En adoptant une démarche identique, proposez un exposé sur Samson en vous appuyant sur quelques représentations célèbres de l'épisode des cheveux coupés que vous rechercherez sur Internet :

– Le Caravage, *Samson et Dalila* (1615) ;

– Rembrandt, *L'Aveuglement de Samson* (1636) ;

– Van Dyck, *Samson et Dalila* (1620 et 1630).

Construire un cahier photos

En vous inspirant des photos proposées dans ce volume, construisez votre propre cahier photos autour d'un héros que vous aurez choisi. Vous donnerez à voir, successivement :

– le caractère héroïque du personnage (en détaillant les étapes de son voyage ou ses exploits) ;

– ses représentations célèbres du personnage, en peinture, en dessin ou en film ;

– des représentations d'autres héros dont votre personnage s'inspire et auquel il vous fait penser (des personnages plus récents, par exemple).

Vous pouvez vous appuyer sur les quelques sites à explorer ci-dessous et à partir desquels vos pourrez effectuer des recherches d'images. L'ensemble comptera 3 à 5 images, chacune accompagnée d'un bref commentaire.

Don Quichotte

– Le site **www.site-magister.com** propose des travaux dirigés de français. Sa page sur le *Don Quichotte* de Cervantès donne des liens vers des illustrations de l'œuvre et du héros.

– L'encyclopédie en ligne **fr.wikipedia.org** liste les grands illustrateurs du héros.

Matamore

– L'Institut coopératif de l'école moderne présente un travail sur la *commedia dell'arte*, notamment sur ses personnages dont Matamore (Capitan).

– L'encyclopédie en ligne **fr.wikipedia.org** possède une page sur le personnage et offre, dans Wikimedia Commons, des images libres de droits.

Dom Juan

– L'encyclopédie en ligne **fr.wikipedia.org** répertorie les adaptations de l'œuvre dans les arts plastiques et au cinéma.

Cyrano de Bergerac

– Le site spécialisé **www.cyranodebergerac.fr** met à disposition un grand nombre d'images du personnage et donne également accès à toutes les mises en scène et adaptations cinématographiques dont il a fait l'objet.

Un livre, un film

Les Aventures du baron de Munchausen de Terry Gilliam (Royaume-Uni, 1988)

Cinquième long-métrage du cinéaste Terry Gilliam, *Les Aventures du baron de Munchausen* constitue une synthèse féconde et originale des adaptations cinématographiques qui l'ont précédé (voir encadré p. 190). Le scénario repose sur une mise en abyme particulièrement réussie : au XVIIIe siècle, dans une ville assiégée par les Turcs, on donne une pièce de théâtre présentant les aventures du baron de Münchhausen lorsque survient un vieillard qui interrompt le spectacle et clame être le véritable baron. Alors que tout le monde le croit fou, il raconte à qui veut l'entendre qu'il est responsable de la guerre et promet d'y mettre fin. Seule une petite fille, Sally, suit le baron en quête de ses anciens compagnons.

Terry Gilliam est séduit par la fantaisie étrange du texte et le film lui permet d'explorer ses thèmes favoris : le rapport entre le rêve et la réalité et le passage du temps. Des années lui sont nécessaires pour mener à terme ce projet démesuré, les multiples effets spéciaux et les splendides décors en carton-pâte ayant largement dépassé le budget initial. Ouvertement artificiels, les décors sont ainsi presque entièrement peints en deux dimensions et évoquent l'Orient rêvé des *Mille et Une Nuits* et du *Voleur de Bagdad* (film réalisé par Ludwig Berger, Michael Powell et Tim Whelan, sorti en 1940).

Analyse d'ensemble

Dès la première séquence, l'œuvre cinématographique prend des libertés avec la structure du texte. Terry Gilliam choisit en effet d'ouvrir l'action par une scène de bataille violente. Selon vous, pour quelles raisons le cinéaste place-t-il la scène du siège de la ville au début du film ? Quel est l'effet produit ?

Analyse de la séquence d'ouverture du film (du début à 00.06.59)

1. Commentez la bande-son qui accompagne l'ouverture du film, en faisant la distinction entre la musique et les bruits d'ambiance. Quelle est l'atmosphère créée ? Évolue-t-elle pendant la séquence ? Soyez particulièrement attentifs aux contrastes et aux changements de rythme.

2. Analysez le déroulement des cinq premiers plans[1] du film en commentant à la fois leur durée et leurs caractéristiques visuelles (échelle, angles de vue, effets de lumière, couleurs dominantes, mouvements de caméra). Dans le plan qui montre le rivage, identifiez un élément qui annonce la bataille à venir. Par la suite, comment le cinéaste provoque-t-il la surprise du spectateur ?

3. Selon vous, pourquoi Terry Gilliam a-t-il choisi de placer une statue brisée représentant un homme à cheval dans cette première séquence ?

4. Au cours de la scène de la ville en flammes, quels procédés produisent un sentiment d'accélération ?

5. Les décors du film semblent-ils réalistes ? Certains paraissent-ils plus vraisemblables que d'autres ? En quoi les décors rappellent-ils l'association entre réalité et imaginaire déjà présente dans le livre ? À partir de vos réponses, diriez-vous que les aventures du baron sont à prendre au sérieux ?

6. Terry Gilliam invente un nouveau personnage, absent du récit original. De qui s'agit-il ? Quelle est sa fonction ? Pour quelles raisons le cinéaste a-t-il choisi de l'ajouter au scénario ?

7. Analysez les apparitions successives du personnage de Münchhausen. Par quel biais le second baron est-il présenté ? Décrivez et commentez cette introduction. Comment éveille-t-elle la curiosité du spectateur ?

1. ***Plans*** : fragments de film enregistrés en une seule prise.

Le baron de Münchhausen à l'écran !

Les adaptations des aventures du baron abondent dans le cinéma. Dès ses débuts, Georges Méliès (1861-1938) propose en 1911 un court-métrage de onze minutes qui s'en inspire. Le cinéaste retient surtout les excès de table du baron qui, une fois ivre et couché, voit passer dans le miroir qui surmonte son lit des scènes extraordinaires. La consécration vient avec *Les Aventures fantastiques du baron de Münchhausen* de Josef von Báky en 1943, commandé par Goebbels [1]. Le film a pour but de concurrencer les Américains : son budget est colossal (certaines scènes sont tournées à Venise sur le Grand Canal) et il bénéficie d'une technique de colorisation inédite. Le Français Jean Image (1911-1989) transpose quant à lui le texte en deux dessins animés. Enfin, l'une des dernières adaptations en date (si l'on excepte un autre téléfilm allemand de 2012 par Andreas Linke), est celle du Britannique Terry Gilliam (né en 1940), en 1988.

Ces adaptations ont souvent une portée politique. Ainsi, le scénariste de l'adaptation allemande de 1943, Erich Kästner, glisse certaines répliques prudentes qui peuvent passer pour une remise en cause du régime nazi : Casanova met le baron en garde contre l'Inquisition qui a « dix mille yeux et bras » et peut faire tout ce qui lui plaît. Le baron lui-même affirme que le « temps est brisé ». Dans l'adaptation de Gilliam (1988), le personnage d'Horatio Jackson, dirigeant de la ville assiégée, inventé par les scénaristes, évoque, par son mépris et son goût pour le rationalisme, Margaret Thatcher [2].

---

1. ***Joseph Goebbels*** (1897-1945) : ministre de la Propagande sous le IIIe Reich allemand, qui a mis en place de nouvelles techniques de propagande nazie.

2. ***Margaret Thatcher*** (1925-2013) fut premier ministre du Royaume-Uni entre 1979 et 1990. Ses trois gouvernements menèrent une politique qualifiée de « révolution conservatrice », caractérisée par l'hostilité au socialisme et à l'intervention de l'État dans les sphères économique et sociale.

TABLE
des chapitres

Imprimé à Barcelone par:

CPI
BLACK PRINT

Mise en page par
Pixellence/Meta-systems
59100 Roubaix

N° d'édition : L.01EHRN000344.N001
Dépôt légal : juin 2016